くろねこのなみだ

HOTARU
NATSUNO
夏乃穂足

CHOCOLAT
BUNKO

ILLUSTRATION 六芦かえで

CONTENTS

プロローグ

「この泥棒猫《どろぼう》が！」

罵声《ばせい》に続いて、背骨が折れたかという衝撃《しょうげき》。背中に受けた痛みの激しさで、目の前が真っ赤に染まる。

がらんがらん、と甲高《かんだか》い音を立てて、おれの頭より大きな缶詰《かんづめ》が夜の路地裏《ろじうら》を転がっていく。気が遠くなりかけたが、よろめきながらも踏みとどまった。ここで気絶するわけにはいかない。

名誉《めいよ》のために言っておくが、おれはただ、ゴミ箱をあさっていただけだ。これは人間たちがいらなくなったから捨てたものだろう。それをもらうのは泥棒には当たらないはずだ。

だが、人間の食いもの屋、特に着飾った人間が出入りするような気取った店の界隈《かいわい》では、おれたち野良《のら》猫は特に嫌われる。つまり、そこにいるだけで追い散らされ、箒《ほうき》で叩かれ、物をぶつけられてしかるべき存在だというわけだ。

だからおれは、踵《きびす》を返してその場を逃げ出した。全力で逃げた。

後ろは振り返らない。缶詰をもう一発喰《く》らったらそれこそ再起不能だ。逃げるべき場面でためらったばかりに、命を落とした仲間を何匹も知っている。

自分の激しい息遣いと、先程浴びせられた人間の罵声だけが、頭の中で響いている。四本の足が地面を蹴《け》るたびに、体が分解するかというほど猛烈《もうれつ》に背中が痛む。目がかすんできた。足がよろめいて、体の両脇を流れていく風景もゆらゆら揺れる。この感じ、非常にまずい気がする。おれはここで死ぬんだろうか。

いや、気を確かに持て。おれは必ず生き延《の》びる、生き延びてみせる。

こんなところで死んでたまるか。


猫は九回生まれ変わると言うけれど、真偽《しんぎ》のほどは分からない。ただ、おれが猫として生を受けるのは今回で八回目なので、あながち嘘《うそ》でもないいんじゃないかと思っている。

他の猫たちの話を聞いてみると、生まれ変わる前のことは全《まった》く覚えてないらしいのだが、どういうわけかおれには全部の記憶がある。そういうわけで、自慢の黒い毛皮に覆われたおれの体は、子猫時代をやっと抜けようとしているぐらいの若さなのだけれど、頭の中味は長い年月に蓄積《ちくせき》されてきた知識と経験がぎっしり詰まっている。

その経験から肝《きも》に銘《めい》じているのは、人間に近づくとろくな目にあわないってことだ。

人間からは、本当に酷《ひど》い目にあわされてきた。これまでに終えた七回の生のうち、人間の仕打ちが元で死んだのが三回。生まれて間もなく袋に入れられて川に流されて終わり、なんてこともあった。おれだけじゃなく、人間から受けた傷が原因で死んだ仲間も、数えきれないぐらい見てきた。

そんなわけで、今では大の人間嫌いのおれだが、最初からそうだったわけじゃない。実は二度、人間の飼い猫だったことがある。

一人目は、耳の遠い婆《ばあ》さんだった。薬草を煎《せん》じて薬を作るのを仕事にしていて、通ってくる客にそれを分けてやっていた。おれに向かって猫の話をするのが好きだったくせに、『お前に人の言葉が分かればねえ』というのが口癖《くちぐせ》だった。

ばかにしてもらっちゃ困る。おれには人間の話は大概《たいがい》分かる。一方、婆さんはおれの言うことが分からなかった。人間というのはてんで愚《おろ》かなものなのだ。

それでもそれなりに、おれと婆さんはうまくやっていた。寝床とミルクを与えられ、その代わりに家の鼠《ねずみ》を捕ってやり、果てがないような長い昔話を聞いてやる。

公平に見て、婆さんは人間にしてはいい奴だったと思う。その頃の呼び名は思い出せないのに、煎《せん》じた薬草の香りや、しわだらけの顔の中で穏やかに輝く緑の瞳を、今でもありありと思い出せる。

変化には乏《とぼ》しいが平穏な日々。こんな暮らしがずっと続くんだと思っていたが、そうはいかなかった。

ある日、婆さんはどういうわけか連れて行かれてしまい、おれも捕まってしまった。そして、婆さんを「マジョ」、おれを「マジョの使い」だと罵る人間たちによって、焼き殺されてしまったのだ。

ひどい話だ。おれはこの時、人間というものがひどく野蛮《やばん》で理不尽《りふじん》なものであるということを思い知らされた。


もう一人の飼い主は、金持ちの家の子供だった。何十着もドレスを持っているような、甘やかされた女の子。この時の呼び名も、今ではもう思い出せない。

この子は毎日自分のドレスとお揃《そろ》いのリボンをおれに巻いた。リボンなんて邪魔《じゃま》だし、ばかばかしい代物《しろもの》だと思う。それでも、「お気に入り」の印をもらう気分は存外悪くなかったから、おれは人形のようにリボンを巻かれる日課を、黙って受け入れていた。

この時も、こんな暮らしがずっと続くんだと思っていたのに、おれの体が大きくなり、新しい子猫が家に来てから、すべてが変わってしまった。

少女のベッドの中も、お揃いのリボンも子猫のもの。おれは使用人たちの足が行き交う台所の隅へと追いやられた。

白く長い毛とまん丸の瞳を持ったその子猫が、嫌いだったわけじゃない。ただ、おれは悔しかったのだ。家の中からも、飼い主の心の中からも、おれの居場所を奪われたことが。あんなちびに本気で危害《きがい》を加えるつもりなどなかった。ちょっと脅《おど》かしておれの居場所を取り戻そうとしただけだったのに、追い出されたのはおれの方だった。追い立てられ、目の前で扉を閉められた時の衝撃は、何度生まれ変わっても俺の中から消えてくれない。

おれは、飽きられたおもちゃと同じだった。新しいお気に入りができたら、いらないものにされてしまう。人間なんか信じたおれがばかだったのだ。

以来、おれは二度と飼い猫にだけはなるまいと心に誓《ちか》っている。


そんなわけで、人間と関わるとろくな目にはあわないことを、おれは知り過ぎるほど知っていたわけだが、今日は腹が空きすぎて切羽《せっぱ》詰まっていたし、ツキもなかった。いつもならこんなドジは踏まないのだ。

缶詰を投げつけた男が追ってこなかったので、おれは走るのをやめ、痛む体を休められる場所を求めて、月明かりの下をとぼとぼと歩いた。長い生垣《いけがき》の隙間から草が生《お》い茂った見知らぬ庭に潜り込み、下草が柔らかそうな植込みの根元を選んで、体をそっと横たえる。

これ以上、一歩も動けそうにない。空腹と背中の痛みで目が回る。おれはそのまま、少しの間意識を失っていたようだ。

ふと、嗅《か》ぎ慣れない犬の匂いが近づくのを感じて、毛が逆立った。続いて、二つの目がおれを覗き込む。夜目にも分かる白黒ぶちの、垂れ耳をした老犬だ。のっそりした動きや穏やかな瞳から敵意は感じられないが、おれは緊張して威嚇《いかく》の声をあげた。

『あっち行け！』

犬はおれの威嚇など意に介さない様子で、太い声で一声《ひとこえ》鳴いた。

「ブチ、何か見つけたのか？」

人間の牡《おす》――男の、ずしりと腹の奥に沈むような低い声が聞こえたので、今度こそおれは全身を強張らせた。敷地に入った野良猫をこっぴどく扱う人間は少なくない。

ぬっと現れた黒く大きな人影が月明かりを遮《さえぎ》る。

頭の中で危険を知らせる信号が激しく点滅《てんめつ》している。今すぐここから逃げなければ。

だが、体が衰弱《すいじゃく》していて、思うように動けない。下草の上で何度か足を滑らせているうちに、その人間はおれを抱え上げてしまった。

「お前、怪我《けが》してるのか」

生後間もなく袋に入れられた時の記憶が脳裏《のうり》いっぱいに広がり、ぞっとして息が止まる。

逃げないと。逃げないと。

『放せ！』

命の危険を感じて必死でもがくけれども、男の腕の中を抜け出せない。おれを捕まえている腕をひっかいていると、その人間はおれを自分の首に巻いていたマフラーで器用にくるんでしまった。これでは身動きできない。

「暴れん坊め、傷が広がるだろうが」

男が歩き始めると、腕の中に抱え込まれたおれの体はゆらゆら揺れた。ゆったりしているが力強い歩み。その足元を、垂れ耳でぶち模様《もよう》の老犬がついてきて、おれに向かって落ち着いた声で話しかけてきた。

『克己《かつみ》はいい人間だよ。お前を助けてくれる。だから安心しておいで、おちびさん』

男から邪悪《じゃあく》な気配はしないけど、人間は信用できない。とはいえ、じたばたしても逃げられそうもないし、ここは体力を温存して、逃げられる機会を待つしかないだろう。

もし九回生まれ変わるとするならば、おれはあと一回だけしか生まれ変われない計算だ。こんなことで命の無駄遣《むだづか》いをしたくない。何しろこの体はまだ子猫の時代を抜けていなくて、牝猫《めす》とつがったこともないのだ。あまりにももったいないじゃないか。

少し休んだら考えよう。きっと逃げる機会はあるはずだ。

男の腕の中で揺られているのは不思議と心地《ここち》いい。腹をくって目を閉じると、疲れがずっしりと重くまとわりついてきて、俺は急速に眠りへと引き込まれていった。

第一章

薄目を開けると、縞模様《しまもよう》が目に入る。ここはどこだ……？

縞模様だと思ったものが柵《さく》であることに気づく。ここは――檻《おり》だ。おまけに、首の周りに奇妙な円盤《えんばん》のようなものが取りつけられている。これじゃあ、後ろの方が全然見えないじゃないか。背中の痛みはずいぶん軽くなったようだけど。

檻の中にいるから姿は見えないが、この部屋の中には他の動物の気配が充満している。猫や犬、それ以外の動物の匂いも感じる。

『おうちに帰りたいよう。ママ、早く迎えに来てよう……』

床の方から、おそらくおれと同じように檻に入れられているのだろう、おれより幼そうな子猫の悲しそうなつぶやきが聞こえてきた。

ぞわっと全身の毛が逆立つ。

そうだ、おれは気を失う前に克己とかいう名の人間に捕まって、この檻に入れられてしまったんだ。この部屋にいる他の奴らもきっと、あの克己に捕まってしまった仲間なんだろう。やばい。この状況はやばすぎる。

まるっきり邪悪な気配を感じなかったのに、こんな風に動物たちを捕まえて閉じ込めているなんて、なんて恐ろしい奴なんだ。やっぱり人間なんてろくなもんじゃない。

『出せ！　ここから出せ！』

唸《うな》ったり暴れたりしていると、周囲の動物たちも不安の声をあげ始めた。

「ばかに騒がしいと思ったら、目が覚めたか」

聞き覚えのある重低音。

おれを捕まえた克己が、ぶちの老犬を連れて部屋に入ってきた。

白い服の首から黒いひものようなものを下げ、袖《そで》をまくっている。檻を覗《のぞ》き込んできた男の顔立ちは彫りが深く、意志の強そうな眉《まゆ》と高い鼻梁《びりょう》が、目元に影を作っている。襟《えり》にかかる伸ばしっぱなしの髪は、おれの毛皮と同じぐらい混じりけのない真っ黒だ。

おれをじっと見つめてくるまなざしは意外にも温かそうに見えるが、騙《だま》されてはいけない。こいつは動物を捕まえては閉じ込めるような奴なのだ。

「腹が減ったろう。ちょっと待ってろよ」

克己が行ってしまうと、克己について入ってきた老犬が話しかけてきた。

『わしの名前はブチだ。おちびさん、お前、なんて名前だ？』

ぶち犬だからブチ。何の捻《ひね》りもない名前だ。

『名前なんかない』

『そうか。きっと克己がお前にいい名前をつけてくれるよ』

名前をつけられるなんてまっぴらだ。おれは早く逃げ出したいんだ。

『ここは動物の病院で、ケージの中にいるのもみんな患畜《かんちく》だよ。克己は獣医なんだ。克己は腕がいいから、お前の怪我もきっと治してくれる。安心してここにいるといい』

『病院？　それじゃ、あんたも怪我してるのか？』

『わしか？　わしは、克己の飼い犬だ』

ブチじいさんは何故《なぜ》か誇《ほこ》らしそうに、少し背中を反らした。おれは飼い犬を見かけるたびに感じていた疑問をぶつけてみた。

『なんでここにいるのを我慢してるんだ？　あんたぐらい大きな犬なら、あいつを振り切って逃げ出すのはわけないだろうに』

『逃げ出すなんてとんでもない。わしは克己との暮らしに心から満足しているよ』

全く気がしれない。立派《りっぱ》な牙《きば》と速い脚《あし》をもっていながら、喜々《きき》として人間に飼われようとするなんて。

戻ってきた克己が、檻から出したおれを器用に抑えて首筋に手を添えた。そうされると、暴れたくても全身に力が入らなくなってしまう。

「まあそう暴れるなよ。そんな体でうろうろしていたら、お前みたいな痩《や》せっぽちのちびは早晩《そうばん》死んじまうぞ。ほら、ミルクだ」

おれの目の前に、白い液体で満たされたボウルが差し出された。ミルクの甘い香りをかいだ途端《とたん》。

おれの腹が盛大に鳴った。

「きゅるるるる……」

「見事な腹の音だな。よっぽど腹が減ってんだなぁ」

克己が笑っている。

今なら逃げられそうだ。克己は油断しているようだし、ここは魅惑《みわく》的な香りのする液体には目もくれず、逃走するべき場面じゃないだろうか。

でも、今のおれは空腹過ぎる。あの中のものが飲みたい。何しろ、もうずいぶん長い間まともに食っていないのだ。とてもじゃないが我慢できない。

おれは無我夢中《むがむちゅう》でボウルに鼻をつっこんだ。ああ、なんて美味《うま》いんだ。こくがあって、まろやかで……。温かいミルクなんて、どれぐらいぶりだろう。

「……お前のこれ、誰かにやられたんだろ。人を怖がるのも無理ないよなあ」

ごめんな、とつぶやいた克己の口調があまりにもしみじみとしていたので、思わず顔を上げる。捕まえられた時もそう思ったけれど、克己は背が高い。その大きな体をかがめておれを見つめている。何だかしみいるような視線だと思った。

変な奴だ。猫のおれ相手に、人間同士のような話し方をするなんて。

　克己を改めて観察する。体が大きく牡らしい精力に満ちた気配があるというのは、猫基準ではかなりいけているということになるのだが、人間基準ではどうなのだろうか。人間の美醜《びしゅう》はよくわからないが、顔立ちはくっきりとしてなかなか整っているように見える。ただし、克己の左の頬には目立つ傷跡《きずあと》があって、それが造作の左右対称を破っていた。

　強めのまなざしが、おれを覗き込むとき柔らかく細められて優しい形になる。それが最初の飼い主だった婆さんの目に少し似ているような気がして、それでいてずっと明るく輝いていることにどきっとする。

　だからだろうか。たかが一杯のミルクで懐柔《かいじゅう》されるおれではないのに、克己の袖まくりをした腕につけた傷を見つけたら、悪いことをしたような気分になってしまった。

「名前がないと不便だな。お前の名前は、クロだ。クロ、よろしくな」

　黒猫だからクロ。

　やれやれ。やっぱり何の捻りもない。久しぶりに与えられた名前について、おれはそう思ったのだった。


　犬飼《いぬかい》動物病院のドアが開き、看護師の中西《なかにし》青年が、扉の札を裏返した。診察時間が終わった合図だ。

そろそろ帰るか。おれが塀から飛び降りると、ちょうど通りかかった男が「うわっ」と叫んで跳びすさった。克己が経営する動物病院に足しげく通ってくる、小暮《こぐれ》という男だ。

「相変わらず影みたいな猫だぜ。全く気配がねえんだからな。しっ、あっち行け、マリアンのそばに寄るな。虫や病気がうつるだろうが」

失礼な。以前はともかく、今じゃおれの毛皮には虫一匹ついちゃいない。毎日克己がブラッシングしてくれているからだ。

男が抱いているのは白のチンチラ猫、マリアンだ。綺麗《きれい》だけれども臆病《おくびょう》なマリアンのことは特に好きでも嫌いでもないが、マリアンを連れてしょっちゅうやってくる飼い主の小暮は、おれをばい菌《きん》扱いして毛嫌いしている。油断《ゆだん》ならない気配をしたいけ好かない奴だ。

克己の知り合いらしいのだが、克己とはずいぶん雰囲気《ふんいき》が違うし、いつも人相《にんそう》の悪い若い奴を数人連れていて、連中は小暮が出てくるまで車で待っている。

犬飼動物病院は、医師の克己と受付兼看護師の中西だけの小さな病院だ。古い屋敷の半分を病院、半分を克己の住居にしているので、初めて病院に訪れる人は「本当にここでいいのだろうか」と戸惑《とまど》ってしまうぐらいの商売っ気のないたたずまいになっている。

小暮が勝手知った様子で病院の扉を開けたので、おれはすかさずその足元から待合室の中に滑り込んだ。犬を抱いて待合室にいた近所の主婦が、そっと小暮から目をそらす。

前に彼女ともう一人の主婦が小暮の噂《うわさ》をしているのを聞いたことがある。

――『あの人、どうもその筋の人らしいのよ』

――『まあ、やっぱり。じゃあ、犬飼先生もそっちの？』

――『じゃあ、あの顔の傷って……』

その筋、というのが何の意味だかさっぱり分からないが、彼女たちは酷く怯《おび》えていた。

とはいえ、飼い猫のマリアンにめろめろの小暮は、やれくしゃみをした、やれ腹が鳴ったと言っては、ここに駆け込んでくるのだった。

主婦が金を払って帰ってしまうと、受付にいた中西が小暮に声をかけた。

「小暮さん、今日はどうされました？」

中西は背がひょろ高く、あっさりとした顔立ちにメガネをかけた青年だ。しゃべり方もソフトでのんびりしているが、見た目と口調に反して、結構はっきりとものを言う。

「マリアンが飯を食わないんだ」

「すぐに診察なのでお待ちくださいね。ところで、いつも言ってますが、診療時間内にいらしていただけるとありがたいんですが。あと、できれば裏の先生のお宅の方でお待ちいただけませんか？　小暮さんがみえると、他の方が怖がるんですよ」

「いちいちこうるせえ野郎だな。だから気ぃ遣って診察時間を外して来てんだろうが」

小暮のしゃがれて太い声は、不機嫌そうな気配をまとうと途端に恐ろしげなものに変わる。どこか狼《おおかみ》めいた顔つきで睨《ね》めつけられれば、たいていの人間は震えあがってしまうだろう。だが、中西は慣れたもので小暮を怖がってる気配は全くない。

「でも、小暮さんがここにいる間、強面《こわもて》のお兄さんたちが外をうろついてるでしょう。商売あがったりなんですよ。ただでさえ、うちの先生は顔が怖いって評判なのに」

診察室の扉が開いて、克己が顔を見せた。

「人の顔のことは放っとけ」

「放っとけませんよ。先生が無愛想《ぶあいそ》ですぐ飼い主さんを威嚇するから、うちははやらないんですよ」

「必要なことは伝えてるし、特に威嚇しているつもりはないぞ」

「愛想笑いぐらいしてください。先生はよく見ればイケメンなんだから、動物たちに向ける半分でも愛想よくしてくれたら、先生目当てに通ってくれる人が増えるかもしれません」

克己はさもつまらなそうに、ふんと鼻を鳴らした。それを合図のように診察室に入っていく小暮の足元から、おれも中に滑り込む。

「今日は何だ」

「マリアンが夜からほとんど飯を食わねえんだ。いろんなフードを試してんだけどよ」

「水はちゃんと飲んでるんだな?」

マリアンの口の中を見たり、聴診器《ちょうしんき》(いつも白衣の首から下げている黒いひもみたいなものがこういう名前で、動物の診察に使うのだということは、すぐに覚えた）を腹に当てたりする。克己が動物に向けるまなざしや扱う手つきは、真剣でいてとても優しい。

「昨日、お前のところで人の出入りが多くはなかったか？」

「そう言えば、マンションのリフォームで、壁紙《かべがみ》の業者を入れたな」

「それが原因かもな。フードを人肌に温めて少量だけ与えてみろ。鰹節《かつおぶし》を乗せてもいい。匂いにつられて食うことがある。十分ぐらい見て、食わないようなら下げてしまえ。落ち着いて過ごさせるようにしていても絶食が続くようなら、また診せに来い」

そう言って克己がマリアンを小暮に返す。

「これだけ？　血液検査もレントゲンもなし？」

「一週間前に検診で診た時、マリアンは健康そのものだったし、猫の場合、ちょっとした理由で食わないことは割にあるんだ。落ち着けばけろっと食べ始めることもあるし、この子の場合栄養状態はいいから、まだ様子見で大丈夫だ。お前がおろおろするとこの子に伝わる。もうちょっとどんと構えてろ」

「なら、様子見で大丈夫だ心配ないってのを最初に言やいいじゃねえか。お前は言葉が足りねえんだよ。なあ、マリアン。こんなに無愛想な医者だから、ここはボロ病院のまんまなんだよなー」

小暮が厭味《いやみ》ったらしく腕の中の猫に話しかける。

「気に入らないならよそに行けばいいだろう」

「これでも俺は幼馴染を心配してんだぜ。受付ぐらい野郎じゃなく綺麗な姉ちゃんを置きゃいいじゃねえか。お前、あっちの方はどうしてんだ。後腐れないのを回してやろうか」

「間に合ってるし、その幼馴染の反対を振り切って紋々《もんもん》しょっちまったお前なんかに、下《しも》の心配される筋合いはない」

「あーあ。お前が愛想いいのは動物に対してだけだもんな」

診察室を出ていく時に、小暮はおれに目を止めた。

「結局、こいつ居ついちまいやがったのか。可愛げのない猫だよなあ。お前以外の人間は視界にも入ってないって感じでよ」

「クロは利口《りこう》な奴だよ。診察時間が終わるのを見計らって入ってくるんだ」

克己は眼を細めて俺を抱き上げた。おれはもう逆らわない。この男はおれに酷いことをしないと知っているからだ。

ここに来たばかりの頃は、何だかよく分からないままに針《はり》を刺されたり体を洗われたりして恐ろしい思いもしたが、今ではあれがおれの体を治すためだったということも分かっている。それに抱き方が上手《うま》いのか、克己の腕の中に納まるのは不快ではない。

結局、背中の怪我が治り、元通り黒い毛が生え揃《そろ》った今でも、おれは克己の家に留まっていた。自分の体を振り返ると、痩せて背骨がごつごつしていた背中は肉がついて滑《なめ》らかになり、かつてないほど艶々《つやつや》と毛並みが輝いている。

いいだろう、認める。克己は悪い人間ではないし、ここの居心地も悪くない。だからと言って、完全に心を許したわけじゃないし、克己の飼い猫になったわけじゃない。俺がここに留まっているのには、別に理由がある。

仕事を終えた克己が、おれを連れて廊下を渡り、住居の方へと歩いていった。居間にしている部屋にはタイル張りの床の「サンルーム」と呼ばれている小部屋がついていて、大きなガラス窓のそばに犬ベッドがあり、その中にブチがいた。

「ブチ、ただいま」

克己が声をかけると、ブチは薄く目を開けた。

「さあ、散歩に行こう」

ブチはいかにも大儀《たいぎ》そうにのっそりと体を起こした。脚が痛いので、本当は散歩がつらいのだ。それなのに、リードをつけられる間もじっとしている。

ここに来て以来、ブチにはずいぶん世話《せわ》になった。彼が暴れるおれを説得し、怯えていればなだめ、元気づけてくれたから、人間嫌いのおれも治療を受ける気になったのだ。

優しくて穏やかで、辛抱《しんぼう》強いブチ。ブチがいなかったら、おれは怪我が癒《い》えないうちにここを飛び出して、とっくに死んでいたことだろう。

その恩《おん》ある老犬が、おれが元気になるのと入れ替わりのようにして、ここ数週間で急に年老いて、めっきり元気をなくしてしまった。おれがここに居ついた当初は、日中も庭を動き回っていたのに、今では一日中サンルームで横になっている。

それが気になるから、ここを去れないでいるのだ。

――『あんたが嫌がってるのに無理に連れ出すなんて、ひどい奴だな』

ここに来た当初、おれが憤慨《ふんがい》してこう言うと、ブチはこう答えた。

――『そうじゃない。少しでも長生きさせようと思って、克己はわしを散歩に誘うんだよ。克己が望むなら、脚が痛むぐらいどうということはないさ』

ゆっくりした足取りで時々立ち止まりながら、一人と一匹が進み、その後ろをおれが歩く。舗装《ほそう》された夜道が足裏に冷たい。月の明るい夜で、おれたちの足元には、くっきりとした影が三つ伸びていた。二つは寄り添って、小さいもう一つは少し離れて。

三度目に立ち止った時、ブチがため息交じりにそっと言った。

『昔は散歩が待ち遠しくて、克己を走らせたものだったがなあ』

「しんどいか？　ゆっくり行こうな」

克己がブチの耳のつけ根を撫でると、ブチはゆるやかに尾を振ってそれに応えた。

『早く元気になってくれよ。あんたさえ元通りになれば、おれは安心して出ていけるんだから』

おれがこう話しかけると、ブチは静かな調子で答えた。

『残念だがな、おちびさん。わしが元通りになることはもうあるまいよ。もう充分に長く生きたし、そろそろお迎えが来ても構わないという気持ちはあるが、まだ克己には心の準備ができていないからな。克己は寂しい人間なんだよ。肉親は全員死んで、ただ一人の女性を忘れられずにいる。今の克己にはわししかいないが、わしでは埋めきれない心の洞《うろ》があることも、身に染みて知っている』

『そんなの不公平《ふこうへい》だとは思わないのか。ブチには克己だけなのに、克己の方じゃブチだけでは満たされないなんて』

猫のおれにはずっと、犬の一途さはどこか間が抜けていて悲しいと思えていたのだ。

『そんな風には思ったことはないよ。克己の全てではなくても、わしにとって充分すぎるほどの愛情をもらったからな。それに、人とペットでは命の長さがまるで違う。わしはどうしたって先に逝《い》くのだから、克己が愛情を傾けられる対象が増えてほしいとずっと思ってきたんだよ。おちびさん、お前がここに来てくれて本当によかった。わしのおしまいの日にもお前が克己のそばにいてくれると思うと、わしの心はとても安らかになる』

『そんなこと言うな。きっとあんたのことも、克己が治してくれる。腕がいいってあんたが言ったんだろ』

ブチはそれに答えずに静かに体を起こして、再び歩き始めた。

おれの前を歩く一人と一匹の間には、目に見えない糸のようなものが渡っているように感じられた。

このひと組を見ていると、おれはいつも不思議と安心するような、日向《ひなた》に寝転んだようないい気持ちになったものだ。だが、今夜はまるで彼らがこのまま夜の闇に滲んで消えてしまいそうに思えて、胸が詰まって仕方がなかった。


ブチが言っていた『おしまいの日』は、思っていた以上に唐突《とうとつ》にやってきた。

その日、犬飼動物病院の周囲を散歩していたおれが異変《いへん》に気づいたのは、病院の裏にある居住部分の方から聞こえてくる犬の激しい吠え声のせいだった。

今は克己の診療時間で、家にはブチしかいない。

変だ。あのブチが大きな声を出すなんて。

嫌な予感に駆られて家の方に走ると、サンルームのガラスが割られていて、破片《はへん》が散らばった中でブチが見知らぬ男の足元に喰《く》らいついていた。

「放せ、この……っ」

男がブチを何度も蹴り、逃れようとする。が、ブチは男の黒いズボンの裾を放そうとしない。

ブチが容赦《ようしゃ》なく蹴られている様子を見て、かあっと頭に血が上る。こいつ、許せない。おれは男に踊りかかった。顔と言わず腕と言わず、思い切り爪を立ててやる。こうなると男は防戦一方になり、両腕で顔をかばうので精いっぱいだ。

そのうちに布が裂ける音がして裾が破れ、男は転がるようにして逃げてしまった。

ブチが崩れるように横たわると、その口から黒い切れ端が落ちた。

『ブチ、大丈夫か』

全然大丈夫じゃなさそうだった。ただでさえ最近弱っていたブチは、男との戦いで全ての力を使ってしまったように、ぐったりしている。このままではまずい。

『待ってろ。今、克己を呼んできてやるから』

『待ってくれ、クロ。……わしはもうだめだ。そばにいて、わしの話を聞いてくれ』

おれはブチが好きだった。とても、とても好きだった。柄《がら》にもなく、友達なんて言葉が思い浮かぶほどに。

おれは母猫の顔も覚えていない。物心ついた頃にはもう一人で、こんなに長い間誰かと一緒にいたのは、本当に久しぶりのことだ。

どうしよう。どうしよう。ブチが死んでしまう。

『震えているのか……おちびさん。お前のような子供に怖い思いをさせて済まないな。加勢してくれてありがとうよ。……お前に頼みがあるんだ。克己はわしがいなくなったら、きっと寂しがる。……わしに代わって、克己を支えてやっておくれ』

そんなことを頼まれても困る。おれは克己の飼い猫じゃないし、ブチがいなくなったらこの家にいる理由なんてないんだ。

虫の息でいながら、ブチは克己のことばかりだ。

犬と人間が寄り添って夜道を歩く姿が頭に浮かぶ。舗道《ほどう》に落ちた、一塊《ひとかたまり》のシルエットのことも。二人の間には、確かに特別な時間が流れていた。

『無理だよ。ブチの代わりがおれに務まるわけがないじゃないか』

ブチが怖いぐらいに澄んだ目で、おれを見つめた。

『お前は強くて優しい子だ。お前にしか頼めないことなんだ。克己をよろしくな』

ブチの本気が伝わってくる。無理だなんて言えない。通りすがりの、まだ成猫になりきってもいないおれなんかに、ブチは最後の命を振り絞って頼んでいる。

なら、こう答えるしかないじゃないか。

『分かった。任せろ』

『ありがとう。……最後に克己の家を守れてよかった』

それがブチの最期《さいご》の言葉になった。

ブチがいなくなった後も、まるで何事もなかったように毎日が過ぎて行った。

克己の家に押し入った犯人はほどなく現行犯で捕まったし、克己はブチが心配していたように取り乱すこともなく、普段通りの様子だった。時間になれば診察に行き、入院している犬の散歩をさせ、おれに餌《えさ》を与える。

なあんだ。最初おれはそう思って、拍子《ひょうし》抜けすると同時にちょっぴり腹立ちを覚えた。ブチは死ぬ直前まで克己のことばかり心配していたのに、人間なんて、犬が死んだら簡単に忘れてしまうんだ。所詮《しょせん》人間にとっては、ペットなんてそんなものなのだ。

だがしばらくするうちに、だんだんそうじゃないんじゃないかと思えてきた。

克己が妙に静かすぎるのだ。

仕事は普通にこなしているようだが、寝室に行くといつまでも寝返りばかり打っている。まだ片づけられていないブチのベッドをぼんやり見つめていることも多い。

克己の様子が心配になってくると、おれはまたここを出ていくタイミングを失ってしまった。ブチの遺言《ゆいごん》のこともあるし、少なくとも克己が元気になるまでは、気になって立ち去ることはできそうもない。

克己のことを心配しているのは、おれだけではないようだった。病院の塀の陰に中西を呼び出した小暮が話しているのを聞いた。

「おい、マリアンの診察の間、何を言っても犬飼が一度も怒らなかったぞ。あいつは大丈夫なのか」

「それが、ぱっと見普段通りなんですけど、心ここにあらずというか。本当はすごくこたえてるはずなんです。外に向かって発散しようとしないから、余計に心配ですよね……」

「ペットロスってやつか。あいつの肉親はみんな死んで、家族はブチだけだったんだ」

克己は以前どおりにおれの面倒をみてくれるけど、目はおれを見ていない。動物たちを見る時いつもきらきらとしていた瞳が、今はビー玉みたいに凍《こお》っている。

一見すると凪《な》いで穏やかに思える時間が、妙に息苦しかった。

そんな時、おれは途方に暮れて、空を仰いでブチに話しかける。

だから言ったじゃないか。あんたの代わりは誰にも務まらないんだって。


その日は休診日で、おれは買い物に出た克己の後ろをついていった。克己がスーパーで買い物をしている間は出入り口を見張って、出てきたらまた後をつける。克己のことが気になって、克己が出かける時はこっそり後をつけるのが習慣になっていた。

帰り道の途中にある公園で、克己はベンチにレジ袋を置き、腰かけた。何を見ているのか分からない凍った目をして、長い間ぼんやりしている。

ビー玉の目がふいに焦点《しょうてん》を結んだので、おれがそちらに視線を向けると、ぶち模様で垂れ耳の犬が飼い主に引かれて通り過ぎていくところだった。克己が今何を思っているのか、手に取るように分かる。ブチのことを思いだしていたんだろう。

ふいにおれは、この男の思いをくっきりと隅々まで理解した。この男はきっと、悲しいのだ。ものすごく悲しいのだ。ブチを失って、心の一部が死んでしまうぐらいに。

人間はこれほど一匹の犬のために悲しむものなのか。そんなにブチが恋しいのか。

おれの胸の中に、不思議な熱い感情がこみあげてくる。初めて克己をとても身近に感じた。今、おれたちはブチを思い、同じ感情を共有している。

なあ、克己。ブチは本当にいい奴だったな。おれもブチに会いたいよ。おれに向かって『おちびさん』と呼びかけてくれたあの低く穏やかな声を、もう一度聞きたいよ。

短いつき合いのおれがこんなに悲しいんだから、長い長い時間を一緒に生きてきた克己は、きっと死ぬほど悲しいんだろう。克己の目は乾いて見えるけれど、きっと心には、誰にも拭ってやれない涙が今も流れ続けているんだろう。

おれはベンチに飛び移って、克己の膝の上に乗った。

「お前、来てたのか？」

驚いたようにおれを抱き上げた男の顔を、おれは舐《な》めた。克己にはおれの言葉が分からないから、言葉の代わりに何度も舐める。

克己。ブチは最期の瞬間まで、あんたのことをとても心配していたんだよ。あんたが腑《ふ》抜《ぬ》けているのを見たら、きっと悲しむよ。

「どうしたんだ？　珍しいな、お前がこんな風に……」

そう言いかけた克己の目に生気が戻り、ブチが死んで以来久しぶりに、おれのことをまともに見た。

「……お前、俺を慰《なぐさ》めてくれてるのか」

ふいに、克己の顔が泣き出しそうに歪《ゆが》んだ。

「ありがとう、クロ」

鼓膜《こまく》を打つ温かい声が、おれの全身に伝わって、未知の熱を染み込ませていく。

ブチが死んで以来久しぶりに、クロ、とおれの名を呼んだ。

おれの名前。おれだけの――。

「クロ、お前がいてくれてよかった。お前だけが……」

切ないような声が、また、おれの名を呼ぶ。

今まで知っていたどの人間の腕よりも温かい腕が、さも大切そうにおれを抱きしめる。

その瞬間、おれの胸の中に小さな火が灯《とも》った。克己はおれを必要としている。

今まで八回生を受けたが、これまで一度だってこんな風に、おれでなくてはという切実

さで名を呼ばれ、触れられたことはない。おれの方だって、こんな風にもっと一つに溶けるように触れあい、その苦しみを癒《いや》してやりたいと思ったのは、克己が初めてだ。

人間は嫌いだし、飼われるのだって好きじゃない。

でも、おれと克己の間にごく微かに、目に見えない糸が渡ったのを確かに感じた。

まだ蜘蛛《くも》の糸よりも細いこの絆《きずな》を切らないためなら、おれは何だってする。その時おれは、心からそう思ったのだ。

第二章

克己はおれを愛してくれた。愛玩《あいがん》するものとしてでも、鼠を狩るハンターとしてでもなく、家族として、親友として。おれの自由を尊重《そんちょう》し、見返りを何一つ期待せず、ただあるがままのおれを愛してくれた。

ブチを悼《いた》む気持ちはおれたちの間から消えていなかったけれど、その感情を共有していたからこそ、おれたちの間には特別な親密さが生まれたのかもしれない。

互いといる間だけ、ブチの記憶に全身で浸ることが許されている……そんな気がしていたのは、おれだけではなかったはずだ。ブチの不在がもたらす痛みを必死でやり過ごそうとしているうちに、いつしかおれたちは分かちがたくなっていた。

克己の膝は、いつでも乗りたいときに乗っていいおれだけの場所だ。前は嫌々されていた寝る前のブラッシングも、それなしでは眠れないほどになっていたし、克己が望むから、大暴れするほど苦手だった風呂も、楽しみにするまでになっていった。

パソコンの前で動かない克己の膝に座り込む。それでも動こうとしない飼い主に焦れて、おれがキーボードの上に乗っても、克己は怒ったりしなかった。

「全く困った奴だな」

と言いながら、作業を中断しておれを抱き上げる腕は、どこまでも優しい。

一度、克己がキッチンまでコーヒーを取りに行っている隙《すき》に、おれが机で遊んでいたら、パソコンから音楽が流れてきたことがあった。晩秋《ばんしゅう》の夜の底にくゆるような、低くて少しだけ掠れた女の歌声が、部屋の空気を魔法のように変えてしまう。

「お前がマウスを弄《いじ》ったのか？　シャンソンだな。生意気な猫だ」

マグカップを手に戻ってきた克己が、面白《おもしろ》そうに画面の動画を覗き込む。

全身を包み込むメロディが心地よくて、おれが心のままに体を揺らすと、克己はそんなおれを見て笑った。

「クロ、お前この曲が好きなのか。CDを買ってくるかな」

それから克己はたびたびその曲を流してくれるようになった。克己が教えてくれた曲の名前は『バラ色の人生』。そのメロディが流れるたびに、おれは気ままな足取りで曲に合わせて体を揺らした。そんな時、克己はいかにも幸福そうに笑うのだ。

おれは何度も「CDラジカセ」という物の前に座って、その曲をねだった。もちろんその曲も好きだったけれど、何よりも克己の笑顔を見るのが好きだったから。

克己の目がおれだけを見つめている。赤い首輪は、おれが克己のものであるというしるしだ。二人の間に渡った見えない糸が、きらきらと七色に輝いているのが感じられた。

経験したことがないほど快適で濃《こま》やかで、満ち足りた日々。他の誰も間に入ることができないだろうし、これほどまでに必要とされている。

それはどれほど甘やかな、豪奢《ごうしゃ》なまでの幸福だったろう。

おれはもう、ここを出て行こうとは思わない。これ以上ないほどの濃厚《のうこう》な愛情の前には、おれのちっぽけなプライドなんてたいしたものではないと思えたし、何よりおれ自身が、克己を悲しませるようなことだけは決してしたくないと思っていたからだ。

克己を今度こそ立ち直れないほど打ちのめすには、おれがただここを立ち去るだけでいい。そんな身に余るほどの力を持ってしまったという甘美な恐れは、どんな檻や鎖《くさり》より強く、おれをこの場所に縛《しば》りつけていたのだった。


「また、児童公園の奥の方で子猫の死体が見つかったらしいですよ」

カルテの整理をしていた中西が言うと、克己が眉《まゆ》を寄せた。

「もう三匹目か。この辺りに、犯人がいるのかもな」

「痛いと言えない動物を虐待《ぎゃくたい》するなんて、許せませんよ。早く捕まってほしいですね」

おれは最近、日中は家の中にいて、診察時間が終わった後に、リードをつけられて克己と一緒に散歩をするようになった。

放し飼いにしないのは、病気や怪我から守るためだと克己は言う。野良だったから気ままに好きな時に外を歩き回りたいと思う気持ちは正直あったし、犬のようにリードをつけられて歩くのにも抵抗はあった。だが、全て克己を喜ばせるためだと思えば我慢《がまん》できる。

おれは二人の話を聞いていて、昨日、散歩の最中《さいちゅう》に見かけた一匹の子猫のことを思いだしていた。腹を空かせている様子だった、やせっぽっちのサビ猫のちび。あいつは大丈夫だろうか。悪い人間の標的になったりしていないだろうか。

そんなことを心配していた後の夜の散歩で、おれはまた、件《くだん》のサビ猫のちびを見かけた。思いがけないことに、人の手に抱かれた姿で。

人間に拾われたのか。それもいいかもしれない。あいつはまだ一人では生きていけそうもないのだから。

子猫を抱いているのは学生らしい。やけに横長のバッグを背負い、襟《えり》の詰まった黒い服を着た若者だ。

ちび猫を抱いたその男とすれ違った時、俺は全身の毛がぞわりと逆立つのを感じた。異常な興奮《こうふん》と悪意の気配。男の全身から、禍々《まがまが》しいものが立ち上っている。

おれの勘《かん》が告げている。この人間はよくない。

克己、あいつ、変だ。連れて行かれたら、ちびが危ないよ。

おれは克己に向かって懸命《けんめい》に訴えたが、言葉が通じないのがもどかしい。

「どうした、クロ。そんなに鳴いて」

あんなにあからさまに悪い気配を漂わせているのに、どうして人間たちは気づかないのだろう？　こうしている間にも、男の背中はどんどん小さくなり、木立の向こうに消えた。

その時、ミニチュアダックスを連れた女が声をかけてきた。

「犬飼先生、こんばんは」

動物病院で何度か見かけたことのある主婦だ。

「ああ、真田《さなだ》さん。どうも」

「先生もお散歩ですか？」

「こいつは元々野良だから、外が好きでね」

克己が主婦に気を取られた瞬間を狙って、勢いをつけて走り出すと、克己の手からリードが離れた。

「クロ！」

ごめん、克己、すぐに戻るから。今あいつらを追わなかったら、この先ずっと後悔しそうな気がするんだ。

男の姿を見失って、おれは焦《あせ》った。公園の外れの道の先に人影はない。確信が持てないままにガードレールを越えて木々の生い茂る傾斜に入っていくと、木立《こだち》の間に黒い姿がちらりとよぎるのが見えた。

いた！　後を追って走る。

やっと学生らしき男の姿をとらえたのは、ガードレールの設けられた道よりずいぶん下がった林の奥だった。

男がサビ猫を地面に降ろすのが見えた。ポケットから何かを取り出して、子猫の顔近くに置く。子猫は匂いを嗅《か》いでから、一生懸命食べ始めた。子猫が食べ物に夢中になっている間に、男はバッグを開け、何か長いものを取り出している。

あれは見たことがある。人間が野球と呼んでいる遊びで使う棒《ぼう》「バット」だ。頭の中で危険信号がちかっと光る。いけない。

『逃げろ！』

出せる限りの大声で俺が叫ぶと、子猫はぱっと顔をあげ、弾かれたように逃げだした。男はおれと子猫を見比べてから、子猫の方を追うことに決めたらしく、後を追い始めた。

危険を知らせてやったんだから、これでよしとするべきではないだろうか？　おれだって命は惜《お》しい。危険なことにはできれば関わりたくない。本能が、おれも後ろを見ずに逃げるべきだと告げている。

だが、ちびの短い足では、男に追いつかれてしまうだろう。おれはちびよりも大きい。ブチならきっと迷わずに、男に向かって行ったはずだ。そう思ったら覚悟《かくご》が決まった。

俺は男を追い、後ろから男に飛びかかった。

「うわあぁっ」

不意を突かれた男が、めちゃくちゃにバットを振り回す。子猫を逃がす時間さえ稼げればいい。バットの射程圏内《しゃていけんない》に入らないように、必死で男を引きつける。

充分に子猫が離れたと思える頃、おれの体力も限界に近づいてきた。

男に背中を見せた瞬間、ぐいと後ろに引き戻される。おそらくリードを踏まれたのだと考える間もなく、ぶん、と風を切る音が耳元で鳴る。しまったと思った時には、右の後ろ足に激痛が走り、おれの体は地面になぎ倒された。その勢いで、捕えられていたリードが自由になる。痛みをこらえて起き上がった。逃げなければ。

「クソがぁ！　逃がすか！」

男が追ってくる。脚が一本使えないので、普段の速さで走れない。バットが再び唸り、尾を打ち据えた。

体が痛すぎて走りながら嘔吐《おうと》するが、足は止めない。止まれば死が待っているからだ。目の前に川が迫り、それ以上おれが逃げられないとみると、男は狙いを定めてバットを構えた。両の瞳が狂気を帯びて、ぎらぎらと光っている。

その時、車のエンジン音が近づいてくるのが聞こえた。黒い服の男ははっとした様子になって、しばらくじっとしていたが、車がますます近づいてくるのを知ると、踵を返して逃げて行った。

男に殴り殺される危機が去ったことに、ひとまず安堵する。だが、前に缶詰をぶつけられて克己に助けられた時よりずっと痛い。バットを受けた部分の感覚がない。

かなり、やばい。

早く克己のところに戻って治してもらわなければ。でも、克己といた公園からずいぶん離れてしまったし、これ以上動けそうもない。

白い車が上の道に停まって、男が二人降りてくるのが見えた。

「こんなことしてほんとに大丈夫か？　病院に連れてったら助かるんじゃ……」

「そんなことできるかよ。店を通さずにこいつを買ったのがばれたらやばいんだよ」

低く抑えた声での言い争い。車のドアを開ける音。

男たちは、何か大きく長い布の塊《かたまり》のようなものを引きずり出し、道の上から捨てると、すぐに車を発進させてその場を立ち去った。

大きなものが斜面を転がり落ちるにつれて包んでいた毛布が剥《は》がれ、人形のようなものが露《あら》わになった。服屋のガラスの中で見かける、着せ替え途中の人形に似たもの。

人形じゃない。一糸《いっし》まとわぬ姿の、人間の男だ。何も着ていないせいで、余計に人形じみて見えたのだ。地面に投げ出された手足からは、完全に力が抜けている。

おれは三本足で倒れている裸の男に近づいた。この体では克己のところまでたどり着けないから、この男に克己のところに連れて行ってもらおうと思ったのだ。

倒れている男は、まだ若いようだった。目を閉じていて、身じろぎもしない。

死んでいるのだろうか？

ふいに男の目がぱっちりと目が開いたので、全身の毛が逆立つほどびっくりした。

長い睫毛《まつげ》で縁取られた、明るい茶色の虹彩《こうさい》を持つ大きな瞳。もつれた柔らかそうな髪も茶色。土で汚れた顔は小さくて、それこそ人形のように整っている。全裸の首筋に、細い銀色の鎖が一筋巻かれていた。

「猫……？」

若い男が囁《ささや》くような声でつぶやく。

「可哀想に……お前も怪我してるんだな。助けてやりたいけど、オレには無理みたいだ。……オレも、次に生まれてくるときには、猫がいいな」

若い男の瞼《まぶた》が再び下りた。男はもう、死ぬことを受け入れてしまっているようだ。

冗談じゃない。おれは死にたくない。

起きろよ。起きて、おれを克己のところに連れていけ。

ここで死ぬわけにはいかないんだ。ブチが死んだ時の克己の悲しみようといったらなかった。おれが死んだら、きっと克己はまた酷く悲しむ。

やっと克己という人間に会えて、必要とされることの幸せを知った。生まれてきてよかったと心から思えたんだ。

生きたい、生きたい、生きたい。

帰らなければ。そう思うのに、体がやけに冷えて、目の前が暗くなっていく。冷たい底なし沼に引き込まれていくようだ。

どうやら、命が尽きる時が来たようだ。生まれ変われるのは、たぶんあと一度。もし生まれ変わるなら、次も克己の猫になりたい。

――克己。


底なし沼の水が泥のように重くなる。息ができない。

溺《おぼ》れる、と思った瞬間に、意識が明るい水面に向かって急激に上昇を始める。ふっ、と水面に顔が出た感じがあって、急に呼吸ができるようになる。

続いて襲ってきたのは、全身を覆う耐え難いほどの苦痛《くつう》。こんな酷い思いをするんじゃ、意識を失ってた方がましだった。寒くてたまらないのに、喉《のど》が焼けている。それだけじゃなく、体が異常に重い。

生まれ変わったのだろうか？　それにしちゃ、どうもおかしい。

張りついたように重い瞼を無理やり開けると、目の前にボロ雑巾《ぞうきん》のようになった黒猫が倒れている。見覚えのある赤い首輪、ハーネスとリード。これは、おれだ。おれは死んだのか？　それじゃ、おれを見ているこのおれは何だ。

倒れているおれに近づこうともがくと、前足の代わりに人間の手が見えた。前足を振ると、目の前のてのひらが揺れる。

何だ。何が起こってるんだ。じわじわとパニックが起こっていく。

自分の体に目をやると、肌色が見えた。まぎれもなく人間の肌、裸の体だ。

「あ……」

鳴こうとして出した声が、おれの声とは似ても似つかない声だったので、焦燥《しょうそう》と混乱が頂点に達する。

どうやら、おれの体は人間になってしまったらしい。それも、全裸のこの姿から考えるに、おれの魂は、さっきまで目の前に倒れていた若い男の体に入ってしまったようだ。

おれは呼吸を繰り返して、落ち着け、落ち着けと自分に言い聞かせる。どういうわけで体が入れ替わってしまったのか分からないが、そんなことを今考えている暇《ひま》はない。

目の前にあるおれの体を助けないと、死んでしまう。そうなれば戻るに戻れなくなる。おれの体を持って、克己のところに戻らなければ。

それにしても、全身が軋《きし》んで痛み、寒くてたまらない。臓腑《ぞうふ》が焼けただれるようだ。こっちの体もろくなもんじゃない。だが、幸い脚は無事なようだ。

猫のように這《は》おうとして、体が前のめりになってうまく這えないことに気がついた。バランスを取っているうちに、後ろ脚二本で立ち上がることができた。

ふらつくが、何とか歩けそうだ。

おれはまだ自分のもののようではない手で、黒い毛皮の塊のようになった猫の体をつかんだ。元のおれの体はまだ温かいが、ぐったりしていて意識はない。

おれはじりじりと斜面を登り始めた。一歩ごとに、関節から体が解体してしまうんじゃないかという痛みに襲われる。こっちの体も死にかけているのが分かる。

斜面を少し上っては滑り落ちてしまうから、なかなか上の車道までたどり着かない。次第に消耗《しょうもう》が激しくなる。何とか上がりきると、もう限界だった。おれは車道にどさりと音を立てて崩れた。

「クロ！　クロ、どこにいるんだ」

離れた場所から、おれを探す克己の声が聞こえてくる。必死で、余裕のない声。

克己、おれはここにいるよ。心配させてごめん。今すぐそばに行きたいけど、もう体が動かないんだ。

公園の外れから克己の姿が現れて、倒れているおれを見ると、目を瞠《みは》った。

会いたかった。やっと会えた。

安堵《あんど》と苦痛がせめぎあう中で、おれの意識は遠のいていった。

◆担当医師から警察への説明◆

肛門裂傷《れっしょう》と付着物、手足の縛《しば》られた痕《あと》などから、複数の男性を相手にした暴力的な性的行為があったものと考えられます。

本人の混乱が酷くて、何かを聞ける状態ではないので、それが本人の意思に反した行為、つまりレイプだったのか、同意の上の行為だったかまでは、現時点では断言できません。ですが、医師の立場から言えば、ここまで痛めつければ立派な犯罪ですよ。

全身の様子から、この種《しゅ》の性行為が長期間、日常的に行われていたと推察《すいさつ》されます。肛門性交を繰り返していれば、体には確実にその証拠が残ります。この青年はもしかしたら、そういう種類の仕事に就《つ》いていたのかもしれない。これはあくまで憶測《おくそく》ですが。

現在もまだ、強い混乱状態にあります。言葉もしゃべれないし、我々に対する警戒心も強い。点滴を引き抜いてしまうので、先程鎮静《ちんせい》剤を注射したところです。

身体的な怪我が治癒《ちゆ》次第、精神科の方で入院となりますが、退院後もこの状態が続くようであれば、自立は困難かと思われます。

捜索願などに該当《がいとう》者はいないんですか……。そうなると、肉親が名乗り出てくれる可能性は低そうですね。

第三章

薄目を開けると、白い天井が見えた。消毒薬の匂いと、透き通った液体の入っている袋、そこから繋がっている透明な管。

最初に目を覚ました時に暴れたり騒いだりしたものだから、針を刺されてしまった。どうやら、その後おれはまた眠っていたようだった。それからはずっとうつらうつらしていたような気がするが、今も体が気怠《けだる》いし、眠くて仕方がない。

「気がついたか」

よく知っている声の方を向いたら、一番会いたい顔が視界に飛び込んできた。

「あ……！」

克己、と名前を呼んだはずが、元の声とは似ても似つかない声が出てぎょっとする。おれは、目の前に前足をかざしてみた。肌色の、細長い指。人間の手。

名前も知らない若い男の体に入ってしまったのは、残念ながら夢ではなかったようだ。

「俺の名前は犬飼克己。市内で動物病院をやってる。君を公園のそばの国道で見つけたのは俺だ。君は何日も高熱で寝ていたんだよ」

何を言ってるんだ、克己。なんで知らない奴に話しかけるみたいにしているんだ。

それからやっと、克己にはおれがクロだということが分からないんだと気づいた。

ショックだった。克己に会いさえすれば万事《ばんじ》うまくいくと思っていたのに。

おれだよ、クロだよ。そう伝えたくて、克己の発声に似せて声を出してみるけれど、何とも言えない妙な喉声《のどごえ》が出るだけで、人の言葉にも猫の言葉にもならない。

「身元を示すものが何もなくて、その上言葉もしゃべれないと聞いた。俺の言ってること、分かるか？」

とりあえず、意味は通じていると示すために頷くと、目の前に銀色の細い鎖が吊り下げられた。鎖にぶら下がった楕円形《だえん》がおれの顔近くにかざされる。楕円の中央には深い赤色の石がはまっていて、その周囲には細かい彫模様《ほりもよう》がある。

「発見当初、君が唯一《ゆいいつ》身に着けていたのが、このガーネットのペンダントだ。おれはこれに見覚えがある。見ろ、裏に名前が彫られているだろう。Sayako。これは、おれの兄が婚約者だった女性に贈ったロケットなんだ。これをどこで手に入れた？」

克己が、これまでに見たことのないぐらい真剣な顔をしている。おれが知らないと首を振ると、険《けわ》しい表情がじわじわと失望へと変わっていった。

サヤコって誰だ？　その女に何の用があるんだ。おれがそれを知らないからって、どうしてそんなにがっかりするんだ。

その時、中年の女性看護師が部屋に入ってきた。

「彼に何か尋ねても無理ですよ。言葉も通じないし、暴れるばっかりなんですから」

「こちらの言っていることは分かっているようだが」

「え？　本当ですか」

看護師がおれに向かって「分かりますか？　お名前、言えますか？」などと話しかけてきた。おれが話したいのは克己だけなので無視していると、ほらねというように克己に向かって困ったような笑顔を向ける。

「体の方は順調に回復しているんですけどね。来週からは精神科の病棟に移ることになっています」

「そうですか。……では、これで」

克己がベッドサイドを離れようとしている。おれは急いで克己が着ているコートの袖《そで》をつかんだ。驚いた様子の克己と目が合う。

帰らないで。

「放してくれ」

嫌だ。またここにおれを置いていくのか。家に連れて帰ってくれないのか。

袖をつかんだまま必死に目で訴えると、克己は少し戸惑った顔をする。

「……また、来るから」

袖を放すと、克己はおれを残して帰ってしまった。

精神科病棟に移ってからも、退屈で寂しくてたまらなかった。医者はおれにあれこれ訳の分からないことを尋ねてくるし、面倒で仕方ない。唯一の楽しみは克己の訪れだけだ。克己は約束通り、時折おれの病室を訪ねてくれた。たわいのない話をしては、短い時間で帰っていく。一度、プリンというものを買ってきてくれて、それがあんまり美味かったので克己の前で全部食べてしまうと、毎回買ってきてくれるようになった。プリンを食べているおれを見つめる克己の目は、いつもとても優しかった。

おれへの呼びかけが君からお前になり、口調も砕《くだ》けたものになっていくのは嬉しかったが、克己が帰ってしまった後は、いつも克己が来る前よりもっと寂しくなるのが嫌だった。早くおれがクロだと気づいて、連れて帰ってくれればいいのに。

それにしても、人間の体というものは、何と無様《ぶざま》で使い勝手が悪いものだろうか。

ベッドで寝ていなくてよくなってから、おれは病院の中を探索《たんさく》するのを日課にしているのだが、ひげがないのですぐにあちこちぶつかる。それに、体力が極端に落ちていて、少し歩いただけで息切れするような情けない有様《ありさま》だった。

おれは、少しずつ体を鍛《きた》えることを自分に課した。早く走れないことは命に係わるゆゆしい問題だ。なにしろ、走れなければ餌も取れないし逃げることもできないのだから。

少し体力がついてからは、どこかによじ上ったり走ったりしたくなる。必要だと思うから鍛えたいだけなのだが、そのたびにいちいち驚かれたり注意されるのが煩わしい。

おれは人目がなくなるとすかさず窓枠につかまったり階段の手すりを滑ったりした。

一人で食べる病院の食事は味気《あじけ》なかったけど、いつまた食いものにありつけなくなるか分からないので、出されたものは手づかみで全部食べた。

そんなわけで、入院当初は腕も細くてぺらぺらだったおれの体は、よく食べよく眠り、よく動いていたせいで、めきめき丈夫《じょうぶ》になっていった。今では細いなりに体も固く締まり、腕には力こぶが出る。こんなに元気になってみると、いつまでも病院にいなければいけないのが一層《いっそう》納得いかなくなる。

限りなく続くような暇な時間を使って、おれは少しずつ言葉の練習を始めた。克己にクロだと分かってもらうには、言葉で伝えなければだめだと思ったから。病院では「山田太郎」という仮の名前が与えられていたが、そんな名前で呼ばれても、おれは決して返事をしない。こんな状況も、正しい名前を名乗れるまでの辛抱《しんぼう》だ。

いっぱい練習して、名前を上手《じょうず》に言えるようになると、克己にさっそく披露《ひろう》してみた。

「カツミ」

「そうだ、俺の名前だ。よく言えたな」

克己が褒めてくれたので、すごく誇らしくて嬉しくなった。続いて期待に胸を高鳴らせながら、自分の名前を言ってみる。

「クロ」

これが魔法の呪文《じゅもん》になるはずだった。これで長い間の誤解が解けて、おれがクロなんだとわかってもらえる。晴れて家に帰れるはずだ。

ところが、克己は不思議そうな顔をした。

「そいつはお前が助けてくれたうちの猫の名前だ。お前に、クロの名前を話したていたかな」

違う。克己の家にいるそいつは、おれの皮を着た別物で、クロの中身はおれなんだ。

もどかしくなって自分の胸を指さし、「クロ、クロ」と繰り返すと、克己は怪訝《けげん》な顔をした。

「お前の名前がクロだっていうのか……?」

克己がちょうど病室を通りかかった看護師に声をかけた。

「こいつが、自分の名前をクロだって言ってるんです」

「まあ。しゃべったんですか?」

おれは看護師の前でも、自分を差して「クロ」と言った。

「言葉らしいものをしゃべるのは、こちらに来てから初めてだと思いますよ。でもクロじゃ、犬か猫の名前みたいですね」

「クロは、こいつを発見したとき腕に抱いていた、うちの猫の名前なんです」

「じゃあ、その猫ちゃんのことを気にしてるんでしょうか」

なんでそうなる。おれは激しく苛立《いらだ》って、足踏みをしながら胸を叩いた。

「クロ！　クロ！」

克己は考え込んでいる。

「やはり自分をクロだと言っているようです。クロって愛称《あいしょう》で呼ばれていたのかもしれないな。名字なら黒田《くろだ》、黒川《くろかわ》、黒崎《くろさき》……」

克己、どうして分かってくれないんだ。おれはあんたのクロなのに。それを伝えたくて、人間の言葉だって一生懸命練習したのに。

おれは克己の上着の胸元にすがりついて、「クロ、クロ」と繰り返した。もう永遠におれがクロだとは分かってもらえないのかと、心細くて悔しい気持ちでいっぱいだった。

「お前、クロって呼ばれたいのか？」

パッと顔を上げて、勢いよく何度も頷《うなず》く。そうだ。クロ。ただのクロ。

「じゃあ、今日からお前がクロって呼ばれるように、病院の人に話しておかないとな」

その日からおれは「黒田玖朗《くろう》」という新しい名前を与えられた。

おれが病院でつけられた名前を一切受けつけなかったので、担当医師に頼まれた克己が、姓でも名でもクロという愛称で呼ばれるような名前を、と考えてくれたのだ。

病院の人々はおれの意志を尊重《そんちょう》して「クロさん」と呼んでくれるようになった。

おれが猫のクロだと分かってもらえたわけではないけれど、克己がくれた名前だと思えば嬉しかった。それに、名前の中に二回も「クロ」が入っている。今のところは、これで良しとしなければ。


退院後、おれは望み通り克己の家に帰ることができた。

どういう話し合いの末かおれは知らないし、まだおれがクロだと分かってくれてはいない克己が、どうしておれを家に置いてくれることになったのかも、よく分からない。

おれが克己にしか懐《なつ》かず、克己のそばを離れようとしなかったから、優しい克己はおれを見捨てられなかったのかもしれない。

『記憶が戻ったり、身元が判明するまでの一時的な措置《そち》』ということだったが、もちろんおれは、やっと帰れることになった我が家から二度と動くつもりなどない。

おれは、克己の運転する車で懐かしい家へと帰った。車が止まるやいなや、犬飼動物病院の裏手にある住居へと駆け寄り、扉を開いた瞬間に中に飛び込む。

ああ、やっと帰ってきた。

おれは懐かしい匂いを胸いっぱいに吸い込んだ。凄く天井が高くて長い廊下だと見えていたものが、人間サイズになってみると案外狭いので、とても不思議な感じがする。

板張りの廊下が足に触れるひんやりした感触と微かな軋《きし》みを楽しみながら、できる限りの大股で歩いてみると、突き当たりの診察室に続くドアまで、たったの十歩で着いてしまう。おれは振り向いて新しい発見を報告した。

「十。十、歩く」

「そうか。まあ病院と比べればだいぶ手狭《てぜま》だな」

おれが克己の部屋に飛び込もうとすると、「お前の部屋はここじゃない」と隣の部屋に連れて行かれた。雑然と本や荷物が置かれていた物置部屋がすっかり片づけられて、真新しいベッドと箪笥《たんす》が置かれている。

おれの部屋？　克己と一緒に寝るんじゃないのか？

猫だった時は猫用ベッドも与えられていたが、おれは克己のそばで寝るのが好きで、いつもベッドにもぐりこんだものだった。そして克己はそれを許してくれていたのに。

「克己と一緒がいい」

「そういうわけにはいかないだろう。……おい、そんな風に不満そうに口を尖《とが》らせるな。

一緒に暮らすからにはルールが要る。俺の部屋には勝手に入るな。俺の方も、お前の部屋には勝手に入らない。自分の部屋の掃除《そうじ》は自分ですること。掃除の仕方は後で一通り教える。箪笥《たんす》の中には着替えや下着が入ってる。足りないものがあったら、遠慮なく言えよ」

一通りの説明を聞いてから、おれは猫ベッドの置いてある居間へと入って行った。

おれの元の体の方も、怪我が治って回復したことを、見舞いに来た克己の話で知ってはいた。今、猫のクロの体の中には別の誰かが入っているはずだ。それは今おれが入っているこの人間の魂なんじゃないかとおれは睨《にら》んでいる。

おれが猫のクロに戻るためには、そいつと話し合って元に戻す方法を考えなければ。黒猫の姿を探したが、猫ベッドはもぬけの殻《から》だった。

「いない」

「クロか？　最近はほとんどあそこにいる」

克己に教えられたのは、洗濯機上の棚の上だった。クロもどきは、棚の上で目ばかりを光らせながら、無表情に黙りこくっている。棚の上にはタオルが敷かれているようだが、猫ベッドほど居心地《いごこち》がいいとは思えなかった。

元の体を見たら、一刻も早く元のクロに戻りたいというひりひりとした焦燥感《しょうそうかん》が、ほとんど痛いぐらいに募《つの》ってきて、おれは棚の上の黒猫に呼びかけてみた。

「おい、お前」

反応なし。なおも猫を呼び続けようとしたおれの肩に、克己が手をかけた。

「人間に怯えきってるんだ。脅かさないでやってくれ」

しばらく棚の上を見ていたが、黒猫は何もかもを遮断《しゃだん》するように顔を壁の方に向けて、じっと動かない。今は話し合いを断念するほかなさそうだ。

「お前と出会ったあの日以来、触られるのを極端に嫌がるようになって、トイレと食事の時以外はほとんどあそこにいるんだ。よほど恐ろしい目にあったんだろう。以前はよく懐いていていて、相棒みたいな奴だったんだが」

棚の上を見る克己は、手に入らないものに焦がれるような、寂しげな眼をしている。

それはおれじゃないんだよ。あんたのクロは、ここにいるよ。

おれの心は、クロだった頃と髭一本分ほども変わっちゃいない。なのに今のおれを克己は相棒だとは言ってくれない。いつかまた、そういう存在に戻れる日は来るのだろうか。

「克己、寂しいか？」

「そうだな。大事な相棒から知らない人間みたいに怖がられるのは、やっぱり寂しいな」

何とかして、おれたちが入れ替わっていることを伝えたくて言葉を探す。

「クロとおれ、替わった。心が、替わった」

「ん？　……ああ、お前も何か酷くつらい目にあったんだろう。お前もクロも、変わって当然だよ」

言いたかったことはそれじゃないのに、上手く伝えられないのがもどかしい。

おれは人間の言葉をだいたい理解できるが、頭で考える時には、自然と猫の言語で考えている。それを人間の言葉に翻訳して話そうと思うから、考えていることにまだ口がついていかないのだ。

おれたちの中身が入れ替わっていることを今克己に理解させるのは、おれの表現能力上の理由で難しそうだ。だから、一番伝えなければならないことをありったけの熱意を込めて口にした。

「おれがいる。おれが、克己をいっぱい好きでいる。だから、元気出せ」

おれの言葉に、克己はちょっと驚いた様子で目を瞠った。

「……そうか。ありがとう」

居間に戻り、ソファに寝転がる。このソファにも、克己と何度も一緒に座ったものだった。ザラッとした張地のこの感触も久しぶりだが、以前とは何かが違う。

そうだ。服を着ているからだ。おれは着せられていたスエットの上下を脱ぎ捨てて、ぽいぽいと足元に放り出し始めた。

「おい、何をやってるんだ、玖朗。服を脱ぐんじゃない。うわっ、パンツを下ろすな！」

克己が妙に狼狽《ろうばい》している。何を慌てているんだろう。

「猫は服、着ない」

「お前は猫じゃないだろうが。人前なのに裸でいるのは恥ずかしいことなんだぞ」

そう言われてもおれは、家に帰れば窮屈《きゅうくつ》な服とはおさらばできると思っていたのだ。

「おれは恥ずかしくない」

「そんなもんを見せられるこっちが迷惑なんだよ。せめて股間は隠せ。外でそんな恰好でいると警察に捕まるんだからな」

「ここは家。外じゃない」

「まったく、ああ言えばこう言う！　この家は古いから、裸じゃあ風邪《かぜ》引くだろうが」

その言葉に被せるように、おれの口からくしゃみが飛び出した。人間には毛皮がないので、確かに肌寒い。

「ほらみろ」

克己はベッドから毛布を引きずってきて、おれの体に巻きつけた。

「あったかい。これで裸じゃないな？」

克己は弱ったような目でおれを見ると、自分の髪に指を入れてぐしゃぐしゃにした。

「……何かもう、めんどくさくなってきたな。家の中だし、他に誰もいないし、まあいいか。でも、外に行く時には必ず服を着るんだぞ」

「うん！」

寝る部屋も別、外では裸もだめ。それに、おれがクロだとまだ分かってもらえていない。

どうも思っていたのとは勝手が違うようだが、いつかはきっと分かってもらえるに違いない。なにしろ、これからまた克己と一緒に暮らせるのだ。


しばらくしてから、克己は「出かけるから服を着るように」と言った。

「リードはつけないのか？」

「リード？」

克己が怪訝な顔をする。

「犬じゃあるまいし、そんなのつけなくてもお前は急に飛び出したりしないだろう？」

「しない」

ハーネスもリードもなしに、克己の隣を歩くのは初めてで、これはなかなかいい気分だった。いつも散歩していた公園に差しかかる。克己と同じ景色を見ているのだと思うと、急に世界がぐんと迫り、色鮮やかに変わったように感じられる。

おれは克己の何に見えるだろう。友達、それとも弟だろうか？　誇らしさで胸を弾ませ、初めて人間でいるのも悪くないと感じながら歩いていると、目の前にふうわりと、透明な丸いものが漂ってきた。

くるくる回りながら上っていく、透き通っていて虹色《にじいろ》に輝く珠《たま》。触れると、最初から何もなかったように消えてしまう。

「消えた」

「シャボン玉、見たことないのか？」

透き通った珠を見つける端から壊す。面白くなって走ったり飛んだりしながら珠を追っていると、発生源にたどり着いた。

赤いコートを着た小さな女の子の小さな唇が、細い棒にふうっと息を吹き入れるたびに、二つ、三つと、あの珠が生まれてくるのだ。

「お前、すごいな」

「別にすごくないよ。お兄ちゃんもやりたい？」

「おれにもできるか？」

「できるよ。あたしもう帰るから、これお兄ちゃんにあげるね」

女の子はおれに液体の入った小さな容器と棒を手渡すと、母親の方に走って行った。棒と思った物は細い筒になっている。おれは容器に棒の先をつけ、液体を吸い上げてみた。

「……まずい」

「ああ、飲むんじゃない。吸わないで、つけて吹くだけだ」

克己が受け取り、とびきり大きな珠を作って見せてくれた。

「でかいな！　ものすごく、すごいな克己」

「一気に吹かずに、そうっと吹くんだ」

見よう見まねでやってみると、克己のように大きな珠はできなかったけれど、小さな珠がたくさん生まれて空へと浮かんでいく。夕焼け空に吸い込まれるように消えていく珠は、とても綺麗だった。夢中になって吹くうちに、次第に大きな珠も作れるようになる。これは猫の時にはできなかったことだと思うと、一層愉快《ゆかい》だった。

「人間も楽しいな。克己」

「そうか。よかったな」

シャボン玉の液がなくなってから、おれたちは買い物に向かった。

最初に入った店の中には、所狭しと小さな四角いものが並んでいた。これの名前は知っている。「携帯電話」だ。

克己が携帯電話を耳に当ててしゃべっているのを見たことがある。おれは棚に並んでいる見本を次々に取り上げて眺めていき、一番かっこいいと思った黒いのを試しに耳に当ててみる。今、自分がとても人間らしくかっこよく見えている気がする。

振り返って隣の克己に「かっこいいか？」と尋ねてみたが、隣にいたのは克己ではなく、見知らぬ若い男だった。急に話しかけられた男は、明らかにたじろいでいる。

「えっ？　……まあ、かっこいいんじゃね？」

そそくさと離れて行く男と入れ替わりに、にこやかな表情を浮かべ店員が近づいてきた。

「そちらは人気の機種なんですよ。どのようなタイプをお探しですか？」

「おれは何も探してない。克己についてきた。あれが克己だ」

少し離れたところで他の店員と話している克己を見つけて、指さして教えてやる。

「そ、そうですか」

克己以外の人間と会話ができたことで、自分の会話能力が向上したことに自信を深めていると、小さな紙袋を手にした克己が戻ってきたので、店を出た。

店の外で、克己は紙袋の中の箱から黒い携帯電話を取り出して、おれに手渡した。

「これはお前のだ」

「えっ？　おれに？」

「ここを押すと、俺に繋がるようになってる。あと、お前の居場所が分かる機能もついてる。どこかに行く時は必ずこれを持って行って、困ったら俺に電話するんだ。いいな」

これを、おれに。

「おれが心配だから、買ってくれたのか？」

「まあそうだな。お前はまだこの辺りに土地勘《とちかん》がないし、道に迷ってもうまくコミュニケーションが取れない可能性があるからな」

黒くてピカピカで四角いこれは、克己がおれを案じてくれる気持ちのかたちなのだ。

おれがクロだと分かっていなくても、おれが思っているよりずっと、克己はおれのことを気にかけてくれているのかもしれない。

嬉しい。ものすごく嬉しい。もらったばかりの携帯を胸にぎゅうっと抱きしめる。

「練習。お前からかけてみろ」

教わった通りに操作すると、おれの耳元で音が鳴ると同時に克己の携帯が鳴りだした。

「うわっ」

思わず驚いて耳を離したおれの前で、目の前の克己が携帯を耳に当てる。

「お前、自分からかけておいて耳から離してるんじゃないよ」

恐る恐る、もう一度耳に当ててみる。

『はい、犬飼です』

克己の低くて重みのある声が、耳に口をつけて話しかけられているように近く聞こえてくる。何だこれ。すごい。すごい。

「克己の声がここから出てくる……」

『そうだな。お前の声も聞こえてるぞ』

そう言ってから、おれを見て克己がぷっと吹き出す。

「なんで笑う？」

『だって、お前の目がまんまるになってるからさ』

「克己」

『うん』

「克己、克己！」

『それしか言うことないのか』

「これで、克己の声、いつでも聞ける」

『おい、仕事中は用がある時しかかけるんじゃないぞ』

黒くてピカピカでものすごくかっこいい、おれの携帯電話。おれは歩きながら何度も取り出しては眺めた。これは、おれのもの。これは特別な、おれの生まれて初めての宝物だ。

それから、夕飯の買い物のためにスーパーへと足を向けた。半野良状態だった頃、克己が入るのを何度か見かけたスーパーだったが、中に入るのはもちろん初めてだ。

入ってすぐの場所に、色とりどりの野菜や加工食品のパックがぎっしりと並べられていて、目が眩《くら》みそうだった。克己が陳列棚《ちんれつだな》から商品を取っては買い物かごに入れていく。

「今日は簡単に刺身《さしみ》とかでもいいか。お前、食えないものはないか？」

おれは美味そうな食いものがあまりにもたくさん並んでいる光景に圧倒されて、物も言えずに頷いた。見るものすべてが珍しく、並んでいるのは食ったことのないものばかりだ。

「いつか、ここにあるの、全部食えたらいい」

「うーん。店の食材を全部試すには時間がかかりそうだなあ」

レジに向かう途中で、棚にシャボン玉のセットを見つけて、おれは立ち止まった。

さっきは実に面白かった。すぐに液が終わってしまってものすごく残念だったと思いながら、シャボン玉セットを見つめていると、克己がそれをかごに入れたので驚いた。

「買うのか？　さっき、克己もやりたかったのか？」

自分ばかりやらないで、克己にももっとさせてやればよかった。

「いや。お前がはまってたから。欲しいかと思って」

「おれにか！」

克己はおれがクロだと分かっていなくても、優しい。

おれがまだシャボン玉をしたがっている気持ちをくみ取ってくれたことが嬉しくて、ほっぺたと胸がじんわりと熱くなって、顔がひとりでに笑ってしまう。

「そんなに嬉しいのか？」

「嬉しい！　克己は優しいな」

「いまどき幼児でも、そんなものでそこまで喜ばないだろうな」

胸の中に、さっき公園で克己が作ってくれた特大シャボン玉みたいなふわふわで綺麗なものが、ぎっしり詰まっているような感じがした。

家に帰って食べた刺身は、とびきりの美味さだった。おれが刺身を手でつまむと、克己は「おい」と何かを言いかけたが、「ま、今夜はいいか」と言葉を引っ込めた。刺身を食べて喜びに浸っているおれを見て、何がおかしいのか克己は笑い、自分の分もおれにくれた。だが、刺身に添えられていた緑色のわさびというやつ、あれだけはいただけない。克己が「あっ」と言った時にはもう口の中に放り込んだ後で、おれはしばらくのた打ち回る羽目になった。あれは本当に恐ろしいものだ。

食事の後で後片づけを手伝うように言われた。猫だった頃、よく皿洗いをしている克己の足元に体を擦りつけていたおれは、無意識に流し台の前に立った克己に体を擦り寄せたが、克己はすっと体を避けるようにした。気のせいかと思ってもう一度体を寄せたら、

「おい、押すなよ」

はっきりと体を引かれ、気のせいじゃなく迷惑がられていたのだと悟る。

猫のおれがくっつくのはよくても、人間のおれにはくっつかれたくないんだ。

しょんぼりとしていたら、克己が「これ、拭いて手伝え」とおれに布を手渡してきた。皿を拭いていたらきゅっと音がするので、だんだんそれが面白くなって、じきにしょげていたことも忘れてしまったのだけれど。

皿を拭き終わった頃、克己が言った。

「そろそろ風呂がたまったな。お前、先に入っていいぞ。使い方を説明するから来い」

おれを風呂場に連れて行き、「シャワー」や「追い焚《た》き」のやり方を教えてくれた。

「洗濯機の上はクロの通り道になってるから、ここに着替えを置いておくと蹴散らされることがある。部屋から下着の替えとパジャマを持ってきて、このかごに置いてから入るんだ。タオルはここにあるのを使っていい。肩まで浸かってよくあったまるんだぞ」

克己はそのまま脱衣所を出て行こうとする。一人？　一人で入れってことか？

「克己は入らないのか？」

「俺はお前が出た後で入るよ」

「……おれ、後にする」

「そうか？　じゃあ、俺が先に入るぞ」

ソファで膝を抱えていると、着替えを持った克己が居間に現れた。一緒に入るかと聞いてくれないかと願ったが、おれの後ろを通って浴室の方へ消えてしまう。

猫だった時には必ず克己と一緒に入っていたから、家に帰ってきてまで一人で入るなんて思っていなかった。今入っていったら、一緒に入ろうと言ってくれないだろうか。

さっき台所で避けられたことを思うと、嫌がられる気がする。

でも、入院中もずっと、家で克己と一緒の風呂に入れるのを楽しみにしていたのだ。おれはどうしたらいいか迷って、棚の上のクロもどきを見上げた。

「お前ならどうする？」

だが、黒猫はおれを一瞥《いちべつ》することもなく、置物のようにうずくまっているばかりで、何も答えてはくれない。おれは意を決して服を脱ぐと、風呂場の折り戸を押し開けた。

「うわっ、お前、なんで入ってくるんだ！」

案の定狼狽した、おれを歓迎していない声。

おれは、自分の裸体を見下ろしてみる。体毛の薄いつるりとした白い体は、そんなに人並み外れてみっともないものには見えない。だが、克己から見ると醜《みにく》いのだろうか？

「……一緒に、入る」

「一緒にってお前」

迷惑丸わかりの様子に、さすがのおれも少しめげてきた。

「克己は、嫌か。おれが、嫌か」

肩をすぼめて洗い場に立っていると、克己が声を和らげた。

「そんな顔するな。驚いただけで、お前のことが嫌なわけじゃない。お前、一人で入るのが心細いのか。……いいよ。今日は俺が洗ってやる」

克己はおれの体を洗い、頭を洗ってくれた。頭の上に大量に落ちてくるお湯が怖くて、おれはぎゅっと目を閉じる。猫の頃のように、器に湯をすくってそっとかけてくれればいいのに。

「もっと俯けよ。その方が目に入らないから。全く、病院ではどうしてたんだか」

「嫌だった。水、どしゃどしゃって降ってくるやつ、怖いから。濡れたら終わりにした」

「ん？　シャワーのことか。じゃあ、今日はしっかり洗わないとな」

克己の指がおれの髪の中に入ってくる。タオル越しの手が、おれの体を辿っていく。

するとと世話を焼かれる嬉しさだけじゃなく、猫だった頃には感じたことのない小さな戦《せん》慄《りつ》が、触れられた場所から全身に伝播《でんぱ》する。

すごく気持ちいい。気持ちいいのに、なぜかぞくぞくする。

この感じは何だろうと考え込んでいるおれの思考を破るように、頭から湯が浴びせられ、

「ほら、綺麗になったぞ」という言葉がかけられる。

「自分でもこうやって隅々《すみずみ》までちゃんと洗うんだぞ。明日から、一人で入れるな？」

嫌だとは言えない雰囲気だった。それならもう、克己とは一緒に入れないのか。

「……それなら、今日は、克己と一緒に入る」

「バスタブにか？　狭いだろう」

「今日しかだめなら、一緒に入る！」

「仕方ないな。じゃあ、今日だけだぞ」

困惑顔の克己と一緒に、湯の中に体を沈めた。とは言っても、二人で入るに充分な広さはないから、同じ姿勢で重なる形で克己の脚の間に座る。

おれの望み通りこうして湯につかっているものの、克己は背中側にいて顔が見えないし、何を考えているのか分からない。何だか妙な緊張感があって、居心地が悪かった。

ふと、バスタブの縁にかかっている克己の手が目に入る。一本一本の指が長くて節も大きい。指だけじゃなく腕も、克己のは大きいし、骨が太くて厚みがある。

おれは克己の手の甲に自分の手を重ねてみた。

「克己の手、大きい。おれのは小さい。どうやったら同じになる？」

「そうだなあ。お前は骨から細そうだから、同じにはならないんじゃないか」

「ならないのか」

「でも、お前はずいぶん元気になったよ。お前はお前のままでいいじゃないか」

褒められたのに気をよくして、おれは自分の頑張りを訴えた。

「うん。おれは元気だ。前はもっと、ぺらぺらだった。いっぱい動いて、ここまでなった。階段を走って上がったり、下りたり、窓につかまったり、手で立ったり」

「逆立ちか？　そんなことやってたのか。看護師さんはお前をもてあましてただろうな」

克己が笑うと振動と低い声が背中を伝わってくる。すると、甘酸《あまず》っぱいような疼《うず》きで腹の奥が淡く痺れてしまう。

もっと克己に甘えたい。けど、猫だった頃にどうやって克己に甘えていたのか、今となってはもう思い出せないような気がする。少しだけ指先を絡めてみると、体がざわざわす

るような感じが一層強くなる。それでいて離れたいとは少しも思わない。それどころか、もっとぎゅっと抱きしめられたい、固い体で押しつぶされたいと思ってしまう――。

絡めた指を口元に持って行き、克己の指先をぺろりと舐めてみた。すると、克己が弾かれたような動きでおれを押しのけ、浴槽《よくそう》の湯がざばりと音を立てて大きく波立った。

「ばか、よせ。……いいからお前、もう出ろ」

怒ったような口調だ。顔も赤くなっている。

「克己も出るか？」

「俺はもう少ししたら出るから」

追い立てられるようにバスルームを追い出されてしまう。

今日しか一緒に入れなかったのに、指なんか舐めなければよかった。猫だった頃には全然嫌がられなかったのになあと思うと、少し気分が沈んでくる。

おれは気持ちを引き立てようと、ベランダでシャボン玉をすることにした。裸が寒かったので、さっき克己にしてもらった通りに、毛布を体に巻きつける。

そうっと息を吹き入れると、温かい息が透明な被膜《ひまく》の中を一瞬だけ曇らせ、シャボン玉は命を得たようにストローの先を離れて空中に漂っていく。月に憧れるように夜空に浮かんでは消えていく珠は、昼間に見るより一層儚《はかな》く見えた。

今日は公園にもお店にも行ったし、刺身は美味かったし、携帯電話とシャボン玉も買ってもらって、とても楽しかった。克己と同じ言葉で会話ができるのも、わくわくした。

「今日は、ほんとに楽しかったなあ」

ただ、一つだけ残念なのは、克己にくっつくと嫌がられてしまうことだ。そこが人間でいる最大のデメリットだと思う。

もう一度、克己にいっぱい撫でてもらったり、克己のお腹に寝そべったりしたいなあ。

そうできたら、人間のままでもいいぐらいなんだけどなあ。

克己が「寒いからもう入れ」と呼びに来るまで、おれは夜空を見上げてシャボンを吹き続けていた。

◆精神科医から犬飼克己への説明◆

彼のあなたへの執着は、一種の依存《いぞん》です。おそらくは非常に恐怖に満ちた体験をして、それに耐えきれずに記憶を封印してしまったのでしょう。玖朗くんは、子供のようにあなたに保護され守られたいと思っているのです。

一方で、彼の体を診察した担当医師から、玖朗くんには誰かとホモセクシュアルの、それもかなり暴力的な性的関係があったらしいという報告を受けています。具体的には、発見当時の玖朗くんには肛門に性交の痕があり、直腸内から二人以上の精液が見つかったそうです。

玖朗くんにとってあなたは唯一の頼れる存在ですが、もしかしたら彼は、あなたを誘惑してくるかもしれない。と言うのは、おそらくそれが彼にとってなじみ深い人間関係の作り方だからです。性的虐待を受けてきた子供は、意識せずに性的な振る舞いをして再び被害者になったり、今度は加害者になったりすることがあるんです。

いいですか。あなたは玖朗くんの振る舞いに巻き込まれてはいけません。そうなれば、彼は一層混乱を深め、心の回復はさらに遅くなるでしょう。

第四章

翌朝、克己は「病院のスタッフに紹介する」と言って、おれを動物病院の待合室まで連れて行った。営業時間前の受付には、中西がいた。

「玖朗くん、はじめまして。僕は……」

「知ってる。ナカニシだ」

「あれ？　先生、僕の名前教えました？」

「玖朗、お前名札を読めたのか？」

名札なんて読めない。おれの人間社会についての知識は、見たり聞いたりして知ったものばかりだから、文字は全く読めないのだ。

待合室に置かれている雑誌を手に取ってみると、中に字がいっぱい書かれている。おれも字が読めるようになったら便利だろう。そろそろ読む方の勉強も始めてみようか。

「この本、見てもいいか」

「それはまだお前には難しいだろう。隣の棚に絵本があるぞ」

言われた通り、隣の本棚には絵の描かれた本がいっぱいあった。字も大きいし、こっちの方がずっと面白そうだった。長靴をはいた猫が描かれている本を眺めて、どうしてこいつは長靴なんか履いているんだろうと考えていると、中西と克己の会話が聞こえてくる。

「先生がこんなに人情家だったなんて、意外だなあ。ただ発見者だっていうだけで、身元も分からない子を引き取るなんて、なかなかできることじゃないですよね」

「そんなんじゃない。あいつは何故かおれにしか懐かないようだし、身元が分かるまで面倒見るぐらいならいいかと思っただけだ。あいつを見てると飽きないし、案外楽しいよ」

「うん、先生楽しそうです、何となく。玖朗くん、可愛いですもんね」

おれの話をしているらしい。おれは絵本を膝の上に広げたまま聞き耳を立てた。

「発見当初はガリガリだったけど、だいぶ肉がついて見られるようになったな」

「見られるどころか、あんなに綺麗な男の子、初めて見ましたよ。歳はいくつぐらいなんだろう。十五歳ぐらい？」

「いや。二十歳過ぎてるかもしれない」

「まさか？」

「上の親知らずが二本とも完全に生えているんだそうだ。親知らずの生え始める時期には個人差があるが、完全に生え終わるのは早くても十七、八、遅ければ三十過ぎて生える人もいるらしい」

「うわあ、びっくり。ずいぶん若く見えるなあ」

「華奢《きゃしゃ》だし、精神的にちょっと子供返りしているから、より幼く見えるんだろう。それとあいつはどうも自分を猫だと思ってるようなんだ。名前もクロだと名乗ってるしな。戸惑うこともあると思うが、そのつもりでいてやってくれ」

「それって、クロちゃんと自分とを混同しているってことですか？　発見した時、クロちゃんを抱いてたんですよね。刷り込みみたいなことが起こったんでしょうか」

話を聞く限りでは、克己はおれがクロだと名乗っていることを、おれがショックでおかしくなっているとか、そういう風に思っているらしかった。

じわじわと不安と苛立ちが胸を苛《さいな》んでくる。言葉さえ堪能《たんのう》になれば、伝わるんだと思っていたけれど、事はそう簡単ではなさそうだ。おれがクロだということをどうやって納得させたらいいんだろう。

「それに、あいつを発見したとき身に着けていたペンダントに見覚えがあるんだ。アンティークの珍しいものだし、俺の亡くなった兄が注文して彫らせた名前も入ってる。兄が、婚約者だった女性に贈ったものに間違いない」

「じゃあ、玖朗くんはその女性と縁がある人なんでしょうか？」

「分からない。ただ、彼女と最後に会った時、彼女は妊娠していた」

「えっ……。じゃ、もしかして……」

「玖朗は、俺の兄の子かもしれない」

「そうなると、玖朗くんは先生の甥《おい》ってことになるじゃないですか」

「今、DNA鑑定をしてもらってる。血縁かどうかはじきに分かるだろう」

「驚きですね。記憶喪失の少年を発見しただけでもレアケースなのに、その子がお兄さんの忘れ形見《がたみ》かもしれないだなんて。そうかあ。だから引き取ることにしたんですね」

「もちろん、ペンダントはどこかで拾ったり、持ち主が手放したものを買ったりしただけかもしれないいんだが」

さっきから話しているのは、沙耶子《さやこ》という女の持ち物だったという、赤い石のあしらわれたペンダントのことだ。死んだブチが、克己には忘れられない女がいると言っていた。それが、その「サヤコ」という女なんだろうか。克己はあのペンダントの持ち主と会いたいから、おれを手元に置いてくれたんだろうか。

同情でもなんでも、少しはおれのことを好きで置いてくれたのかと思っていたけど、そうじゃないのか。寂しい気持ちになっていたら、克己が言った。

「血縁者の可能性があることは確かに引き取った理由の一つにはなったが、そうじゃなくても手元に置いていただろうな」

「そんなに玖朗くんのことが放っておけなかったんですか？」

「だってしょうがないだろう。こいつが懐いてるのが俺だけってんなら。今優先されるべきなのは、一番不安でいるはずのこいつが少しでも安心していられることだろう」

「うん。そうですね。先生、男気《おとこぎ》ありますねえ」

おれは克己の背中に抱きついた。

「玖朗？　どうしたんだ」

「克己。好き。大好き」

広くて硬い背中に顔を擦りつける。

「うわー、熱烈ですね。玖朗くん、先生のこと大好きなんだなあ。そう言えば、先生は顔が怖い割に、動物と子供だけには絶大な人気がありますもんね」

「だけって、何気《なにげ》に失礼な奴だな」

「玖朗くんも、どっか動物みたいだもんなあ」

おれを引き剥がした克己は少し顔が赤くなっていて、困ったような何とも言えない表情を浮かべていた。

「玖朗、そろそろ診察時間だから、お前は家の方に帰ってろ」

「またね、玖朗くん」

中西は動物好きでいい奴だ。でも、二人の隔《へだ》てのなさや、仕事中も克己と一緒にいられることが、今のおれには羨《うらや》ましく思えてならなかった。

もっと克己の近くに行きたい。誰よりも必要とされたい。克己に頼るばかりじゃなくて、克己にとってても要るものだと言ってもらいたい。それには、今のおれではだめなんだ。

クロに戻りたい。

もし猫に戻ることが叶わないなら、克己、早くおれを好きになれ。クロだった頃と同じぐらい、好きになれ。


午前中は、ずっと克己の部屋のベッドでごろごろしていた。

克己の匂いのする毛布の端を持って転がると、おれの体は毛布で包まれる。また、元の方向に転がると、毛布が解ける。そんなことを何度か繰り返す。

それにも飽きて、おれは昨日克己からもらった宝物の携帯電話を取り出して眺めた。携帯の裏側には、昨日のうちに克己が動物病院への連絡先を書いた紙を貼ってくれた。万が一おれが電話をうまくかけられなかった時のためにだそうだ。

昨日教えられた操作をして克己に電話してみたくなって、うずうずする。でも、克己は用がないと電話しちゃだめだと言った。おれは克己の声が聴きたい、今すぐ聴きたい。でも、用がないと電話しちゃいけない……。

そこで、頭の中で閃《ひらめ》くものがあった。克己の声を聴きたいというのが、おれの用だ。用があるんだから、かけていい。おれはさっそく登録された一番を押した。

『玖朗、どうした？　お前、いまどこ？』

克己の声が聞こえてきたので、おれは身震いしそうなぐらい嬉しくなる。

「克己の部屋。毛布でごろごろってしてる」

『おい。俺の部屋に勝手に入るなと言っただろう。それに診察時間内は、用がないのにかけてくるなよ』

「克己の声を聴くのが用だ」

『……ったく。もう少ししたら昼飯に帰るから待ってろよ』

昼飯と聞いたら、何だか腹が減ってきた。早く帰ってこないかな。

もう少し、と言った割にずいぶん待った気がしてから、克己が戻ってきた。

「いい子にしてたな。さ、飯にするか」

克己は用意してあったパンにハムや野菜をはさんだものを食卓に並べた。とても美味しくて、じきに皿は空になった。

「全部食えたな」

克己は小さな子供にするようにおれの頭を撫でる。

「病院の方が取り込んでると帰れないこともあるから、腹が減ったら先に食べてていいから。お前、午前中はずっと部屋にいたのか。退屈じゃなかったか」

昨日みたいにずっと一日中一緒にいられないことは、猫として暮らしていた時から知っている。だから不満に思ったりはしていなかったのだけれど。

「お前、散歩ぐらいなら一人で行ってきていいんだぞ」

「ほんとか！」

自分一人で自由に出かけてもいいなんて、思っていなかった。元は野良だったおれは、気ままにぶらつくのが大好きなのだ。目の前がぐんと開けたようでわくわくしてくる。

「ただし、まだこの辺に慣れてないから、今日は公園より遠くに行っちゃだめだ。それから、絶対携帯を離さないこと。自分のいるところが分からなくなったり、何かあったら電話するんだぞ」

克己が午後の診療に行ってしまってから、おれは克己の言いつけ通りコートを着て、ポケットにシャボン玉のセットと携帯を持ち、家の鍵を閉めた。まだ人間の手の使い方に慣れないから、ボタンをかけるのも鍵《かぎ》をかけるのも時間がかかったけど、ちゃんとできた。どうだ、おれだって言われた通りにできるんだ。

公園まで、猫だった頃の通り道を通って行こうと思い立ち、病院の塀に上る。

俺の体の幅にあつらえたようだったお気に入りの道が、今は脚の幅ほどしかない。狭い。歩く分にはなんでもないが、少しでも走ろうとすればぐらぐらする。

あっと思った時には植込みの上に落ちていた。おれともあろう者が、何たる屈辱《くつじょく》。

悔しいので、再び塀に上った。塀から塀へ、塀が尽きると縁石《えんせき》へと飛び移りながら移動する。しばらくするとバランスのとり方を体が覚えて、地面を走るのと同じように自由自在に動けるようになった。時折逆立ちして歩いたりもしながら、目的地へと進んでいく。

人間の体は鈍重《どんじゅう》だが、手を使えるところが気に入っている。ストローを吹ける唇も。

やっぱり常々体を使っていないと、感覚は鈍る。猫だった頃の敏捷《しゅんびん》さやしなやかさには遠く及ばないが、この体でいる間も体を使うことを怠《おこた》らないでいようと心に誓う。

公園に着くと、ベンチに座ってシャボン玉をしたり、通りかかる犬や猫や母親と散歩する赤ん坊を眺めたりした。

犬はおれに無関心か警戒《けいかい》して吠えるかに分かれたが、猫は次々と寄ってくる。

『こいつ、気配が俺達に似てる。でも、猫じゃない』

『猫みたいだけど猫じゃない。変な人間』

『変な奴』

猫の話している言葉は分かるのに、話しかけられないのはもどかしかった。試しに猫語で話しかけてみようとしたが、喉や舌の仕組みが異なっているのか、妙な声しか出ない。

次第に集まってくる猫たちを前に妙な声を出しているおれを見て、通行人が気味悪そうにしていたが、そんなことに構っていられない。四苦八苦するうちに、相当怪しげではあるが、何とか猫語らしきものを出すことに成功した。

『お前ら、この辺の猫か？』

おれを取り囲む野良たちが、びっくりしてニャーニャーと鳴き始めた。

『人間が、俺達の言葉をしゃべった！』

『おれは今は人間だけど、元は猫だったんだ』

そう説明してやるが、てんでにしゃべるばかりで聞いちゃいない。会話の中に『猫殺し』という言葉が聞こえてきたので、おれは耳をそばだてた。

『聞いたか。この前、また仲間がやられたそうだ』

『猫殺しは恐ろしい』

『あの三毛《みけ》は飼い猫崩れで、人間を警戒していなかった。だから、やられた』

猫殺しはまだ捕まっていず、犯行を繰り返しているようだった。

猫たちと別れて歩き出すと、初めて見るちび猫が後ろをついてくるのに気づく。大きな緑っぽい灰色の目をして、胸が白いキジトラの子猫だ。

『何でついてくるんだ。お前、行くところがないのか？』

まだとても小さい子猫は、みすぼらしくやせていた。

『お前、食いものはどうしてるんだ』

『みゆく、もやった。でも、もうない』

野良猫に同情して餌を与える人間がいる。こいつも人間の与えるものでこれまで食いつないでいたんだろうが、人間とは気まぐれなものだ。

季節は冬で餌は少ない。親猫もなく食うものを確保できなければ、死ぬしかない。

傷ついたおれを克己がマフラーにくるんで連れ帰ってくれなければ、おれは死んでいた。

少し前の自分を見るようで、縋《すが》るような悲しげな瞳をどうしても見過ごしにできない。

『一緒に来るか？』

嬉しそうに頷《うなず》いた子猫を、コートの胸元に入れて抱える。うちにはクロもどきがいるし、克己がどんな顔をするか分からないが、おれを拾ってくれた克己ならきっと見捨てない。

ちび猫は小さな頭をコートから覗かせて、興味深そうに辺りを見回している。

日が沈むころになると、公園の顔ぶれが一変《いっぺん》する。親子連れや子供が姿を消し、入れ替わりに、小さなタイヤのついた板に乗った若者たちが集まり始める。

少年たちは、歩道を高い音で鳴らしながら勢いよく滑《すべ》る。板の後方を蹴《け》って跳《は》ねあげたかと思えば、ベンチを滑ってまた歩道へと降りる。その速さと、体と一体になった動きの見事さに魅了《みりょう》される。子猫を抱いたまま、見飽きることなく一心《いっしん》に眺めていると、毛糸でできた帽子をかぶったそばかすのある少年が、おれに話しかけてきた。

「お前、さっきから見てるけど、スケボーに興味あんの？」

「スケボーというのか。お前、すごいな」

「そうか？　俺なんかまだまだだけどな」

少年が嬉しげにへへっと肩をすくめて笑った。

「俺は健介《けんすけ》。お前は？」

「玖朗」

「玖朗はどこの高校？　あ、もしかしてまだ中学？」

「おれは克己のうちにいる」

「あ、ガッコ行ってねえの？」

途端に健介は少し気の毒そうな顔になる。

「そっか。いろいろあるもんな。ガッコなんてむかつくことも多いし。ま、気にすんな」

おれは何も気にしてないし、昨日も今日も楽しい。だが、見ず知らずのおれに同情を寄せてくれるこの少年はいい奴なんだろうと思う。

「やってみるか？」

健介がスケボーをおれに向かって差し出した。

「いいのか？」

「いいよ。貸してやる。けど、無理すんなよ」

おれは、スケボーを貸してもらう間、ちび猫を健介に抱いていてもらうことにした。

「可愛いなー。俺んちマンションだから飼わせてもらえないんだ。内緒で飼ってる家もあるけど、親が絶対だめだって」

健介が指先で、ちびのキジトラの頭をそっと撫でる。

「猫殺しにやられなくてよかった」

とおれが言うと、健介は顔をしかめた。

「あー、この辺で猫を襲ってる奴がいるんだってな。俺、猫好きだからそういう話聞くとむっちゃ腹立つんだわ。早く捕まるといいよな！」

おれは板を借り、見た通りの動きを模倣《もほう》して、片足を蹴って速度を上げていった。両足で乗るまでは難なくできる。

さっき健介がスケボーで滑っていたベンチが目に入る。確か、板の後方を蹴って飛び上がり、ベンチの縁を滑っていたはず。おれは力いっぱい蹴りだして、速度を上げる。

ベンチに接触した、と思った瞬間板は弾き飛ばされて、おれも地面に投げ出された。とっさに体を丸めたのでどこも強く打たずに転がることができたけれど、危ない危ない。

「大丈夫か？　いきなりそれは無理だって！」

子猫を抱いた健介が駆け寄ってくる。

「お前、本当にスケボー初めて？」

「うん。健介みたいにできないな」

「初めてでこれはすげーよ。お前センスあるよ。ジャンプにはコツがあんの」

健介は子猫をおれに返すと、実演して見せてくれた。

「スケボーのケツを蹴りあげて、板と靴が離れないように。な？　これがオーリー。そんで最初は無理せずに、何もないところで低く跳ぶ、こんな風に」

もう一度、板の裏でベンチの縁を滑る技も見せてくれた。その動きを脳に刻み込む。

再び板を借り、その場でのジャンプはすぐにできた。勢いをつけてベンチを目指す。

「いきなりは無理だって、無茶すんなよ！」

という声を背中に聞いたが、止めるつもりはない。ぐんぐんベンチが近づいてくる。滞空時間をできるだけ長くして、無理のない角度で入るように——。

シャッ！　という高い音を立てて、板の裏面がベンチの縁を擦る。そのまま、板から脚を離さずに持ちこたえて地面を踏みしめ、しばらく走ってから滑りを止めた。

一人ではない拍手《はくしゅ》や歓声が起こったので驚いて振り向くと、健介だけでなく、辺りにいた若い奴らがみんなおれを見ていた。

「あいつ初めてなんだってよ」

「すげえよ。お前、ぜってー始めた方がいいって」

「まっさんの前の板、余ってんだろ？　譲ってやれば？」

口々に言われて面食《めんく》らっていると、目の端に黒いものがよぎった。公園の外れを遠ざかっていく、詰襟の後ろ姿。背中には、見覚えのあるやけに横長のバッグ。

頭の中でぱっと火花が散る。あいつ、猫殺しの犯人だ。

逃がさない。絶対に。

鋭く歩道を蹴ると、その速度に板が悲鳴を上げる。みるみる背中が近くなり、スケボーの立てる音に驚いて振り向いた顔は、やはり例の犯人の顔だ。間違いない。

そのままの勢いでジャンプし、犯人に体当たりして地面に叩きつける。馬乗りになっていると、他のスケボー少年たちが周囲を取り巻いた。健介も追いついてくる。

「玖朗、何やってんだよ！」

「こいつ、猫殺しだ」

「マジ？」

「警察！　警察連れて行こうぜ！」

健介の腕の中で大きく目を瞠っている子猫に向かって、おれは猫語で語りかけた。

『もう大丈夫だ。この男にはこれ以上、公園のみんなに何もさせないからな』


最寄《もよ》りの警察署のスチール椅子に座った犯人は、平然とこう言い放った。

「いきなりスケボーで突っ込んできて取り囲まれたんです。それなのに、何でこっちが犯人呼ばわりされてるんですか。こっちの方が被害者じゃないですか。この後予備校があるんで、早く帰りたいんだけど」

中年の警官は、戸惑うように犯人とおれの顔を見比べてから、おれに問いかけてきた。

「君、この人が猫を襲っている現場を見たの？」

「見た。こいつがサビ猫と」

おれを襲った、と言おうとして、今は人間の姿のおれがそういうことを言い出すと紛《まぎ》らわしくなると思い「うちの黒猫を襲うのを見た」と言い換える。

「現場を見たって、その人が言ってるだけでしょう。第一、その人、ちょっと普通じゃない感じの人だし」

犯人を引っ立ててきてくれたスケボーの少年たちが、顔を見合わせてもじもじ始めた。犯人は口が立つ奴だし、おれの話が間違いだったらと不安を感じているのだろう。

「君、どこの子？」

警官はおれに向かって尋ねてくる。おれより犯人の言葉の方を信じているみたいだ。

「犬飼動物病院」

犯人はごまかせるとたかをくくっているのか、おれの言葉をせせら笑った。

「証拠もないのに、人を犯人扱いしていいんですか？」

「証拠《しょうこ》、ある。バッグの中に、猫を殺す棒がある。猫をおびき寄せる餌も」

犯人の余裕の薄ら笑いが崩れ、顔色がさあっと青ざめた。それを見た警官も何か感じたらしく、表情を引き締めて犯人の方に向き直る。

「バッグの中を見せてもらうよ」

「これは、別に……」

その時、書類を調べていた若い警官が声をあげた。

「被害届出てますよ。犬飼動物病院。ペットの黒猫が襲われて怪我をしたそうです」

警官がバッグを開き、中からバットと猫缶を取り出す。バットには不吉な血痕《けっこん》がついている。

「この血は何？」

犯人は、観念したように目を閉じた。――勝った。

これでもう、この辺りの猫たちは、理不尽《りふじん》な暴力に怯えずに済む。


家に帰ってから、おれはクロもどきが棚の上で猫まんじゅう化している脱衣所へ行って、宣言した。

「おい。今日からこのちびもここで暮らすぞ」

クロもどきは完全無視を決め込んでいる。あいつはいつまであしているつもりだ。

おれが黒猫に戻れたらなあ。このちび猫にいろんなこと、教えてやれるのに。でも、人間だったから犯人を捕まえられた。それは本当によかったと思う。

ちび猫は、クロもどきを見て仲間を見つけたというように嬉しそうにみゅーみゅーと鳴いたが、クロもどきは無関心な視線を流すと、何も聞こえなかったように顔をそむけて一層丸くなった。ちび猫が次第にテンションを下げてしょげてしまったので、棚の上のクロもどきに少し腹が立った。ちょっと顔を上げて頷いてやったって、たいした労力じゃないだろうに。

『あいつは誰に対してもあんな感じだから、気にすんな』

それからおれは、すっかり汚れてしまった服を脱いで裸になり、こざっぱりとした気分で、克己のベッドにもぐりこんでごろごろすることを堪能した。今度はちび猫も一緒に。やっぱり何も身に着けていない肌に毛布が触れる感じは心地よい。

昨日も盛り沢山《だくさん》な一日だったが、今日は今日で、いろいろなことがあった。

警察からの帰り道、少年たちの群れは興奮冷めやらぬ様子だった。別れ際、健介は子猫をいかにも残念そうに眺めていた。本当なら自分がこいつを飼いたいんだろう。

「こいつを拾った日に猫殺しを捕まえられたから、ラッキーがいいんじゃないか」

と言い出したのも健介だ。克己がつけると、また何の捻りもない名前になるだろうし、健介はこいつが大好きみたいだから、そういう奴のつけた名前ならいい。

「おれは動物病院の克己の家にいる。子猫に会いたくなったら来ればいい」

と言うと、健介はすごく嬉しそうな笑顔を見せた。

まっさんと呼ばれていた金髪の少年は、おれのことが気に入ったから、古いスケボーを格安で譲ると言っていた。

早く克己に話したいな。おれが猫殺しを捕まえたこと。キジトラのちびと一緒に暮らしたいこと。それから、スケボーができるようになったことも。

克己と話したいことがたくさんあり過ぎて、体がはちきれそうだ。それなのに、診療時間が終わったはずの時刻になっても、まだ克己が帰ってこない。

おれは病院の方に迎えに行こうとして、裸でいると克己に怒られることを思い出した。

部屋の椅子の背には、昼に戻ってきた時取り込んだものらしい、洗濯を終えた服が数枚掛かっている。その中に、克己が昨日着ていたシャツを見つけた。これの上にセーターとコートを着た克己と、散歩をしたんだっけ。

嬉しくなって顔に押し当てると、洗剤の香りの中から微かに克己の残り香《が》がした。

どうせ着なくてはならないのなら、これがいい。

袖を通してみたが、シャツの前にはボタンがいっぱい並んでいて、それもごく小さい。必死で頑張《がんば》ったが、二つのボタンをかけるだけで精いっぱいだ。

克己の匂いのするシャツを着て上機嫌になり、その場をくるくる回ってみた。部屋の姿見で確認すると、シャツの裾が右と左で長さが違って、そこから脚がにょっきりと突き出た自分の姿が写っている。シャツがぶかぶかなせいで、手は指先しか見えないが、少なくとも股間は隠せと言った克己の言いつけに反してはいない。

まあ、これでいいだろう。

おれはキジトラの子猫を抱いて廊下を歩き、病院へと続く扉を開けた。

診察室には、克己と中西と小暮がいた。おれを見た三人の反応は、それぞれ全く違っていた。克己は黙ったまま眉根《まゆね》を寄せ、中西は真っ赤になって「わっ、……あの、いや……」と意味不明のことを言い、小暮はおれを見つめてにやにやと笑った。

「こりゃまた、どエロい恰好でお出ましだな。犬飼、お前女っ気がないと思ったらそっちの趣味だったのか？」

小暮から頭のてっぺんからつま先まで舐めるように見つめられて、気分が悪い。

「そういう目で玖朗を見るな。こいつは子供と同じなんだ。玖朗、来い」

克己はやや乱暴なしぐさでおれを今来た扉の方に追い立てた。

おれの部屋まで連れてこられると、克己がおれを叱《しか》った。

「玖朗。ちゃんと服を着ろと言ったろう。こんな格好で病院の方に来るんじゃない」

おれはしゅんとして裸足《はだし》の爪に視線を落とした。克己に嫌われないように服を着たつもりだったのに、気に入ってもらえなかったようだ。

「そんな薄着じゃ風邪をひくだろう」

克己は引き出しの中から下着とスエットの上下を出して、着るように言った。言われた通りに服を着ていると、克己はおれの足元にちょこんと座っている子猫を指さした。

「その猫はどうしたんだ？」

そうだ。大事なことをまず話さなくては。

「克己。こいつ、ミルクがもらえなくなったから連れてきた。あと、猫殺しの犯人は捕まえたぞ、おれが、スケボーで。健介に借りて、ガツンてやっつけた」

「おい。話がとっちらかってて全然分からないんだが」

おれは順を追って、猫殺しを見つけて警察に突き出した経緯《けいい》を話した。

ずっとこの界隈《かいわい》の猫たちを恐怖に陥《おとしい》れてきた犯人を捕まえたのは、我ながらお手柄だったと思うし、警官やスケボー少年たちにも褒めてもらえた。てっきり克己にも褒めてもらえるものと思って勇《いさ》んで報告したのに、克己は予想外に怖い顔になった。

「そんな無茶をしたのか！」

「捕まえないと。あれは猫の敵だから」

「怪我したらどうする！　スケボーとか捕り物とかちょっと目を離しただけでこれか！」

克己はいらいらした様子で自分の髪に指を入れてかき回し、ぐしゃぐしゃにしてしまう。

褒められるどころか叱られてしまった。おれは恐る恐る子猫を抱き上げて差し出した。

「こいつをここで育てていいか？」

「拾ったのか。……まあいい。そいつはお前が責任を持って面倒見ろよ。クロがあんな状態だし、お前のこともあるし、うちではこれ以上は無理だからな」

「分かった」

「ところで、さっきの恰好は何だ？　なんで自分の服を着ないんだ」

「克己の匂い、しないから……」

「俺の匂いがするものがほしいのか？　そう言えば、午前中は俺の部屋でごろごろしてたって言ってたな。お前、一人で心細かったのか」

克己が呆れたような、困ったような複雑な顔になる。寝室を出て行ったかと思うとすぐに戻ってきて、おれのベッドの上に毛布を一枚投げた。

「俺の毛布だ。これをやるから、服はちゃんと自分のを着るんだ。いいな。おれはこの後また病院の方に戻らないといけない。それから、こいつはいろいろ検査が必要だから、しばらく預かるぞ」

「そいつ、腹が減ってるんだ」

「拾った頃のクロを思い出すよ。あいつはこんなにおとなしくなかったけどな。怪我してたくせに、大暴れして、負けるかっていうような不敵《ふてき》な目をしてた」

克己は子猫の顔を覗き込んで、ふっと優しく表情を和ませた。クロだった頃、克己がおれによく向けてくれたこの優しい笑みを、人間のおれには向けてくれたことがない。

「病院の方で猫ミルクをやっておくよ。この猫が一緒にいるようになれば、お前も昼間少しは寂しくないだろう。もうじき戻るから、それまでいい子にしてろ」

キジトラの子猫を抱いた克己は、廊下の方に二、三歩歩いてから振り返った。

「こいつに名前をつけないとな。キジトラだから……」

どうせキジとかトラとか言うんだろう。だが待て。

「そいつには、もう名前がある。ラッキー」

「幸運の猫か。いい名前もらったな、お前」

克己は子猫の頭を撫でてから、

「今日一日で、ずいぶんいろいろな体験をしたみたいだな。友達もできたようだし」

とおれに言うと、動物病院に戻って行った。

おれは、おれのものになった克己の匂いがする毛布にくるまって、深々と息を吸った。

思ったよりも疲れていたのか、克己と話して、克己の毛布に包まれて安心したからなのか、次第に眠くなってくる。

まだ、寝たくない。夕食もまだだし、話したいことの半分も話せていない。健介が携帯に電話番号を入れてくれたことも、健介の友達のまっさんが譲ってくれるというスケボーのことも。おれもスケボーを始めてもいいかって、聞いてない。

でもまあ、それはまた後でいいか。今はとにかく、眠くてたまらない。

眠りに落ちる前に、健介や協力してくれた連中の顔が浮かんだ。あれが友達っていうのか。今までおれの友達と言えば、亡くなったブチぐらいのものだったけれど。おれに克己以外の人間の友達ができるなんて。びっくりだ。

第五章

目の前に夕食の皿が並んでいる。今日のおかずはコロッケだ。病院の近所にある肉屋で売っているこの肉入りコロッケは絶品で、一度買ってもらって以来、おれの大好物なのだ。舌なめずりして早速《さっそく》食おうとしたところを、克己に止められた。

あ？　何だっけ。ああ、そうだ。

「いただきます」

おれはおざなりに手を合わせると、コロッケに手をのばした。

「玖朗。手づかみはだめだ。箸《はし》を使え」

食事のたびに、箸というこの二本の棒で食いものを挟んで食えと克己は言う。なぜそんな面倒くさいことをしなきゃならないんだ？　克己がじっと見ているので、仕方なく箸をつかんでコロッケに突き刺すと、また「そうじゃない」とだめ出しされる。

「刺すんじゃなく、食べ物を挟むんだ。こういう風に」

手本を見せられたからって、簡単にできれば苦労はないのだ。じりじりする。口の中はもう唾液《だえき》でいっぱいだ。人間には指という便利なものがあるし、こんな細い棒っきれで食いものをつかめる気がしない。おれは早くコロッケを食いたいのだ。

むっとしていると、克己はテーブルを回っておれの背後に立ち、おれの手に自分の手を添えて、正しい箸の持ち方を教えた。

克己との距離が近くなり、触れあっている手がばかに熱く感じられて、鼓動《こどう》が速くなる。克己に世話を焼かれるのは嬉しいのに、顔が見られないような変な感じだった。

この体になってから、熱を出したり怖いことがあるわけでもないのに動悸がしたり頬が火照《ほて》ったりすることが増えた。そういえば、いつも克己が急にそばに寄ったり、どこかに触れた時だ。何故だろう？　人間の男はみんな、こんな風になんでもない時に胸を高鳴らせたりするものなのだろうか？

克己に手を添えてもらうと、コロッケを、最後まで箸を使って食べきることができた。

きっといつも通り美味いはずだけれど、克己に抱え込まれている状況にドキドキして、味がよく分からない。それでもやめてほしいとは全く思わなくて、むしろお尻が食卓の椅子から浮き上がってしまいそうな気分だった。心臓がばくばくするけど、甘やかされているようなこの感じは全然嫌じゃない。ずっとこのまま手をつかんでいてくれればいい。

だが、克己はあっさりと添えていた手を放してしまう。

促《うなが》されて、箸で二個目のコロッケをつかもうとするが、おれの好物は二本の棒をすり抜けて皿に落ちた。箸がクロスして、うまく力が入らないのだ。もう一度やってみるが、また落ちる。おれはだんだん苛立ってきた。

「できない」

「できるさ」

「できない。箸は嫌いだ。もうしない」

口をへの字に曲げてぽいと箸を放り出すと、克己がこれまでと同じく、仕方ないという風にフォークを渡してくれた。これなら握って刺すだけだからおれにでも使える。

心置きなくぱくついて空腹が治まってみると、今度はすぐに箸を投げ出してしまったことを克己がどう思っているのかが気になってきた。猫だった時には直接口をつけて食べても怒られなかったけれど、箸が使えない人間はだめな人間なのかもしれない。前と同じようには好かれていないと知っているから、またちょっと嫌われたんじゃないかと心配になる。

「箸、できないから、おれのこと嫌いになるか？」

驚いたように顔をあげた克己が、目を優しくした。

「箸が使えようが使えまいが、玖朗を嫌ったりはしないさ。だが、他の人と同じように食事ができるようになれば、お前を連れてレストランや料理屋に行けるようになるな」

「レストラン！」

おれがそばをうろついていただけで追い立てられた、人間用の食いもの屋のことだ。

裏口のゴミ箱しか知らないおれは、当然中に入ったことはないが、そこの食いものは非常に美味だった。ガラス越しに見たことしかないあの光り輝く店の中に、おれも入れると言うのか？　克己と一緒に？

「おい、また目がまんまるになってるぞ。そんなに行きたいのか？」

一人だったら怖いから嫌だが克己と一緒なら是非《ぜひ》とも行ってみたい。おれの中に嬉しい気持ちがむくむくと湧き上がってくる。

「行きたい！　明日行く？」

「明日はまだだめだ。ああ、落ち着け、椅子を揺らすんじゃない。もっと上手になったら連れて行ってやる」

少しがっかりしたが、早く箸の使い方が上達すればいいのだと思い直す。

「じゃあ、明日はまた、家でこれを食べる」

「またコロッケ？　続くと飽きないか」

「コロッケはとても好きだ」

正確には、コロッケも好きだ。克己がおれに用意してくれるものは全部大好きだ。一緒にスーパーに買いに行った刺身も、克己が初めておれのために作ってくれたサンドイッチも、おれが喜ぶのを知って時折買ってくれるプリンも。

だから本当は何でも構わないのだけれど、おれの甘えを許してくれる克己を見たくなって、そんなことを言ってみた。

「まあ、いいか。明日もコロッケで」

ほら。克己は優しい。おれが猫じゃなくても、克己はおれに優しくしてくれる。

「約束?」

「ああ、約束だ」

克己が約束してくれたので、すっかりいい気分になった。克己に内緒で箸の練習をして驚かせてやろうと思いついたら、さらに上機嫌になって、おれは再び箸を手にした。


夕食の後は、新聞の夕刊を読んだりお酒の入ったグラスを傾けたりしている克己のそばで、テレビを見ることが多かった。克己がソファに座り、おれはその足元に座って克己の膝へともたれかかる。この過ごし方は、猫の頃とあまり変わらない。

最近使い方を覚えたばかりのテレビのリモコンを操作《そうさ》して、テレビをつける。

どうやら、映画の一場面のようだ。男が愛しげに女を抱き寄せ、口と口をつける。女の方も嬉しそうだ。そして、互いの服を脱がせあい始めた。

場面が切り替わり、裸になった人間の男女がベッドの上で絡み合っている。男が女を激しく揺さぶり始め、女が喘ぎ声を上げる。

何をしているんだ？

もっとよく見ようと思ったのに、克己がおれの手からリモコンを取り上げ、勝手にチャンネルを変えてしまう。

「さっきのを見る」

「だめだ。今のお前は子供みたいなもんだし、目の毒だ」

見たいものを邪魔《じゃま》されて、おれはむっとした。子供扱いしないでほしいと思う。

「さっきのは何をしてるんだ」

「本当に知らないのか」

少し黙った後で、克己は妙にぶっきらぼうな口調で教えてくれた。

「……あれは、セックスだ」

「セックスって何だ？」

「つまり、人間の交尾《こうび》だ」

「そうか！」

あれが人間の交尾か。猫は牝の背面に覆いかぶさってつがうものだから、ついうっかりそうとは気がつかなかった。

「あいつらは発情期なんだな？」

「……お前なあ。そんな風に言ったら人間は一年中発情期だろうが」

「それじゃあ、人間の赤ん坊だらけになる」

　克己は吹き出した。

「確かにそうだな。今この瞬間にも、世界のどこかで赤ん坊が生まれてる。お前にも産んでくれた人がいて、ここにいるんだ。早くお前の身元がはっきりするといいな」

　それから克己は、チャンネルを変えて青くて丸い頭をしたロボットの出てくるアニメを見せてくれた。

　アニメはなかなか面白かったけれど、ロボットが自分を猫だと言い張るのが納得いかない。丸くてずんぐりして二足歩行するそれは、どう見たって猫には見えない。

「猫じゃない。こんな猫はいない」

　おれが言うと、克己はまた笑った。子供扱いされるのには閉口《へいこう》するけれど、青くて丸いロボットのアニメと、克己の笑顔は悪くなかった。


　猛特訓の末に箸が使えるようになると、克己は約束通り外食に連れ出してくれた。

「最初はここが無難《ぶなん》だろうな」

　そう言って克己がおれを連れて行ってくれた店に入ると、いきなりたくさんの小皿が流れていくのが見えたので、おれは非常に驚いた。

「回ってる！」

「ああ。回ってる寿司屋だ。回ってない寿司屋はまだお前には早いからな」

　もう、おれは克己の言葉が耳に入らなかった。小さな皿にはそれぞれ、とてもとても美味そうな食いものが乗っている。

「あれはどうして回ってる。飾りか？」

「好きなものが流れてきたら取っていいシステムなんだ」

「あそこにあるもの、何でもか。食べていいのか？」

「ああ」

　夢のように素晴《すば》らしいことだ。

　席に着くやいなや、おれがさっそく一皿取ると、克己が「待て」と言った。

「なんでだ」

　前に刺身を食べたことがあるので、この赤い色の魚がマグロといってとても美味いことを、おれはもう知っている。好きなものを取っていいと言ったのに、なぜ止めるんだ。

　克己がおれの取ったマグロを箸の先でめくって見せると、握ったご飯の上にわさびが乗っていたので、おれはショックを受けた。

こんなところにまで仕込まれているとは。何とわさびとは油断のならないものだろうか。

「こいつは俺が食うよ。お前にはさび抜きのを頼んでやるから待ってろ」

克己が頼んでくれた皿が次々とやってくるたび、おれは嬉しくてぞくぞくした。マグロやおれの知らない白身の魚、貝やエビ。魚介の名前を克己が説明していたけれど、聞いている余裕《よゆう》もなくかぶりつく。当然わさびは入っていなくて、身震いするほど美味い。

「う、まい！」

「そうか」

周りをぐるりと海苔《のり》で取り巻いた、見たことがないものが乗った寿司があった。

「これは何だ」

「それはウニだな」

オレンジ色の得体《えたい》がしれないものを怪《あや》しみながら口に入れると、とろけるような甘みが口の中に広がる。この世のものとも思われない美味さだ。

「……！　ありえないほどものすごく美味い！」

「そうか。よかったな」

「どういうわけでこんなに美味いのか」

「さあなあ。ウニに聞いてみないと分からないな。まあ、気にいったなら何よりだ」

克己だけでなく、回っている皿の内側で寿司を握っている店の人間まで笑っている。

「ウニといくらとカニの三種盛りってのもありますが、そちらもいかがですか？」

「じゃあ、それももらおうか」

さっきの甘いオレンジ色のと、透き通った朱色の粒々と、白とオレンジの身が、こぼれそうに盛り合わせられた寿司がおれの前に置かれる。見るからに豪華だ。

「これは、食う前から美味いと分かる。け……気配で分かる」

「気配でか」

克己がまた笑っている。何で笑われるのか分からないが、克己が笑うと嬉しくなる。

「克己も食べろ」

二つあるので一つ勧めると、克己は「お前が全部食っていいんだぞ」と言う。でも、おれは克己と分かち合いたい。

「食べろ」

ぐいと克己の方に皿を押しやると、克己が一つ取って口に入れたので、おれも安心して残りの一つを食べた。――何という味わい深さ。

「うん、美味いな」

と克己が言ったので、おれの喜びは倍に膨れ上がる。

「そうだろう！」

自分の手柄のように意気揚々《いきようよう》と言うと、なぜかまた店の人間が笑った。

「お口に合ったようで嬉しいですよ」

何度か寿司を皿に落としたせいで胸元が醤油《しょうゆ》の跳ねだらけになったけれど、箸の特訓の成果はまずまずだった。プリンも三皿食べた。

すごい勢いで皿を積んでいくおれと違って、克己は食べているおれを見ながら、ゆっくりとお茶を飲んでいる。

「お前の食いっぷりを見てるだけで腹がいっぱいになるよ」

「おれも、腹いっぱいになった」

「じゃあ、そろそろ帰るか」

「黒猫とちびにも食わせてやりたいな！」

克己はふっと目元を優しくして、おれの口元についたご飯粒をつまんだ。

「帰りに、あいつらに刺身でも買って行こうか」

「うん！」

おれの口はご馳走《ちそう》を喜んでいたけれど、心はもっと喜んでいた。

今日おれの心にとって一番のご馳走だったのは、克己との隔《へだ》てが元通りなくなったかのように過ごせた時間と、微かに口元に触れた指先の感触だったかもしれない。

帰り道、約束通り猫たちのための刺身を買って、家に帰った。

ラッキーは刺身が気に入ったらしく、ものすごい勢いで食べていたけれど、クロは一瞥《いちべつ》しただけで口をつけず、普段のフードを食べている。

おれの姿をして、ここまで感じ悪く振舞うなと思う。まあ、おれも猫だった頃、あまり愛嬌《あいきょう》のある方じゃなかったとは思うけど。

食事を終えたラッキーと遊んでいると、聞き覚えのあるメロディが流れてきたので、おれは勢いよく振り向いた。巻き舌気味の低く豊かな女の声で歌われる「バラ色の人生」。

「クロ、覚えてるか。お前はこの曲を聴くと、いつも踊っていたよな」

餌を食べているクロもどきに、克己が語りかけている。曲はどこまでも甘いのに、歌声はどこかやるせなく、おれの胸を苦しくさせる。

克己、その曲が好きで何度もねだったのはおれだよ。

おれは全部覚えてる。克己と過ごした時間の一分一秒たりとも忘れちゃいない。

だが、クロもどきには、克己の声も部屋を満たす歌声も全く聴こえていないかのようだった。食事を終えると、一度も克己に視線を向けることなく、バスルームの方角へと姿を消してしまう。猫だった頃のおれを、小暮は影みたいだと言っていたが、おれの姿をしたあいつは、猫の形をした亡霊《ぼうれい》みたいだ。

応えてくれない黒猫を見送る克己のまなざしは、情愛と切なさに満ちている。

少しも愛情を返さない猫に向けられる気持ちの深さを見るにつけ、猫だった頃のおれがいかに愛されていたか、今人間になってしまったおれではクロの占めていた場所を埋められないのだということを、痛感させられる。

こんな羽目に陥っているのは誰のせいでもないのだろうが、おれが全部受け取れるはずの愛情を向けられている猫が妬《ねた》ましく、おれのものだった赤い首輪をつけているのも無性に憎らしく思えてきた。

おれは脱衣所へ猫を追いかけて行って、棚の上に上がったクロもどきを睨みつけた。

「少しぐらい克己を見たっていいじゃないか。あんなにお前を恋しがってるのに」

《……あの人が見ているのはオレじゃない。オレが入ってるこの体を見ているだけだ。誰もオレを見ない。誰にもオレの言葉は届かない。誰にも、オレの気持なんか分からない》

声を聴いたわけじゃない。だけど、棚の上のクロもどきの絶望的な思いがおれの中に直接流れ込んできたので、おれはびっくりした。

「……お前の考えてることが、今、おれの中に入ってきた」

棚の上の黒猫が、初めておれの方をまともに見つめ返してきた。

《オレの考えていることが分かるって言うのか？》

「分かる、と思う」

《どうして？　オレはしゃべってないのに。なんでアンタにだけ分かるんだ》
「どうしてか、分からない。おれとお前は体が換わったから……」
　ああ、もどかしいな。体が入れ替わったから、意識が共有されているのかもと言いたいが、人の言葉ではどう言ったらいいんだ？　猫語じゃないと気持ちを伝えるのが難しい。
《大丈夫。アンタの考えていることも分かった。頭の中に直接流れ込んできたよ。不思議な感じ》
　こっちの考えていることも、頭の中で考えただけで伝わるのか。なんて便利なんだ。
　――これまでは、どうしてお前の考えが伝わらなかったんだろう？
《オレはさっき、アンタに腹を立てて、心の中で言い返してたんだ。人の気も知らないで、って。そういうのは、そう言えば初めてだったかも》
　クロもどきの方に、おれと意志を通じさせたいという想いが生まれたから、伝わるようになったということだろうか。
《ならアンタって、あの時オレと一緒に死にかけてた猫ってこと？　オレの姿の中身は今、猫なんだ。……はは。笑える。オレの意志が通じるたった一人が、猫ってわけ》
　黒猫の中に宿る者の思念が、少しずつ落胆《らくたん》の色を帯びていくのが分かった。唯一の理解者を得たという驚きから覚めて、再び沈鬱《ちんうつ》な感情に閉ざされていくのを感じる。
《確かにオレは、死ぬんだなあと思った瞬間に、生まれ変わるなら猫がいいと願ったよ。

だけど、こんなことになるなんて思わなかった。人の言葉もしゃべれないし、このままこんな場所でペットフードを食べながら生きていくのかと思うと、気が狂いそうになる》

こいつはこんな風に考えながら、クロになってからの日々を過ごしてきたのか。落ち込む気持ちも分からなくはないが、棚の上で暗くなっていても何も解決しないだろう。

——お前の名前は？

《瑞樹《みずき》。佐藤《さとう》瑞樹》

これでやっと、クロもどきの中に宿る人格を、クロとは区別して呼ぶことができる。

——じゃあ、瑞樹。早く元に戻れるように、どうしたらいいか一緒に考えよう。

《元に戻る？　その体の中に帰るってこと？　……嫌だ。元になんか戻りたくない》

何だって。猫になったのが嫌なんじゃないのか？

《猫でいたって楽しいことがあるわけじゃないけど、人間だった頃はもっと、ろくな暮らしじゃなかったから。まだ安全なだけ、ここの方がましだ》

こんな反応は予想していなかったから、おれは焦《あせ》ってしまった。おれはクロに戻りたいのに、瑞樹が体に居座っていたら戻れないじゃないか。

——そんなこと言っても、お前はクロになりきる気もないんだろう。克己に冷たくして、悲しい思いをさせてるじゃないか。せっかくの刺身に口もつけないし。

《大人の男は嫌いだし、刺身も大嫌いだ。オレを皿代わりにするのが好きな客もいたんで

ね。そういうのがオレの仕事だったから》
　――皿の代わりをするのが、お前の仕事……？　何で普通に皿を使わないんだ？
おれの姿をした瑞樹が、全然楽しくなさそうに少しだけ笑った。なんて暗い笑いだ、と
おれは思う。
《ウリセン。知らないか、猫には売春なんてないもんな。オレがしてたのは、客とセック
スして金をもらう仕事。分かる？　希望があれば、それこそ男体盛《なんたいも》りだってなんだってや
る。でも、本当は嫌で仕方がなかった。セックスなんて痛いし、怖いし、汚いし》
　皿になったり、セックスをするのが仕事？　おれには瑞樹の言っていることがまるで理
解できない。
　克己にチャンネルを変えられてしまった映画の場面が頭をよぎった。画面の中で絡み合
っていた男女はお互いのことが好きで、体を重ねながら幸福そうに見えた。おれにとって、
人間同士のセックスとはそういうイメージだ。
　けれど、瑞樹の話はずっと殺伐《さつばつ》としていて、暴力的で暗いように思える。
《アンタと出会ったあの日、オレを捨てた奴らも客だよ。オールで買ってくれた別の客が
急用で帰ることになっちゃって、体が空くのがもったいないから心当たりの客に連絡して
みたんだ。店を通さなければもっと金がやれるのにって言われて欲をかいたらこのざまだ。
ＳＭプレイの度を越してオレがショック状態になったから、焦ったんだろうな。ホモの変

態プレイの果てに警察沙汰はごめんだろうし、店を通さずにオレを買ったことが店側に知られたら、オレはもちろん客の方も、かなりまずいことになっただろうからね》
話を聞いていて、瑞樹を酷い目に合わせたあげく捨てた身勝手な奴らにむかむかした。
――酷い奴らだ。同じ人間なのに、瑞樹の命を助けようとは考えなかったのか。
《同じ人間なんかじゃないよ。オレらみたいなのは玩具と同じ。壊れたら新しいのを買えばいいんだから》
玩具。おれを愛玩して捨てた金持ちの家の少女のことを思い出し、微かな胸の痛みを覚えた。瑞樹が感じていた物のように扱われる痛みが、少しだけ分かるような気がした。
克己や小暮と比べると、今おれが宿っているこの体はいかにも若く見える。おれたちが入れ替わってから、もう一か月以上になるのに、探している人はいないのだろうか。
――瑞樹には待ってる人はいないのか？
《そんな人いないよ。オレは養護施設で育ったんだ。でも、人間関係をうまくやれなくなって、十四の頃に施設を飛び出した。街で声かけてきた男の甘い言葉にころりと騙されて、怖い奴らのところに送り込まれて、抜けられなくなったってわけ。今にして思えば、そんな見え透いた嘘にまんまと騙された自分の馬鹿さ加減が笑えるけど》
また、全然愉快な話じゃないのに瑞樹が笑う。子供だった自分を笑う瑞樹が痛々《いたいた》しくて見ていられない。

——笑うな。子供の瑞樹は、誰にも守ってもらえないで可哀想だった。全然おかしくなんかない。

おれが苛立ってそう言うと、瑞樹は驚いたように、変な笑いを引っ込めた。

——嫌だったのなら、大きくなってからどうして逃げなかった。

《逃げられたら、世話はないよ。オレたちはマンションの一室に押し込められてたんだけど、いつも見張り役がオレたちを見張ってた。仲間は、怯えて気力をなくした奴ばかりだった。でも、中に一人だけ仲良くなった奴がいたんだ。そいつだけは全然諦めてなかった。母親の手術費用を稼《かせ》いだらこんなところ抜け出してやるって言ってた。けどそいつ、入院してる母親に会いに行きたくて脱走しようとして、捕まっちまったんだ。見せしめのためにオレらの目の前で輪姦《りんかん》されて、元の顔が分からなくなるぐらいボコられて、その怪我が元で死んだ。オレたちの元締めは、逃げようとすればオレたちもこうなるって言った》

瑞樹の目は、元々おれのものだったと思えないぐらい艶《つや》がなく暗い。

《アンタの飼い主のあの人はいい人だと思うよ。ペットには優しいし、オレの知ってる男たちとはまるで違うんだろう。けど、オレは大人の男に触られるとぞっとするんだ。十四の頃から男の汚らしさを嫌と言うほど見てきたからかもしれないな。だからあの人に、たとえ猫としてでも触れられるのが耐えられない。虫唾《むしず》が走るものはどうしようもない》

可哀想な克己。ペットだと思い込んでいる黒猫の中には、大人の男嫌いの若い男が入っていて、体に触られることを想像するだけでぞっとするとまで思われているなんて。

《オレは人間には戻りたくない。オレには、帰りを待っている人もいないし、友達もいない。苦しいことばかりの人生からやっと解放されると思って、心からホッとしていたのに。あの時、死んでしまえばよかったんだ》

瑞樹の心の声を聴いて、人間だった頃の瑞樹が酷く恐ろしい目にあってきたことが分かった。言葉以上の恐怖と嫌悪感が、まるで自分の体験したことのように生々《なまなま》しく流れ込んできて、おれは身震いした。

おれだって、人間の野蛮《やばん》さや狂気を散々見てきたから、同じ人間にその悪意が向けられたらどれだけ残酷なことをできるかと想像すると、身の毛がよだつ。

けれど、最後まで戦って亡くなったブチや、猫殺しに殺されてしまった猫たちのことを考えると、死ねばよかっただなんて絶対に言ってほしくはない。

「死ねばよかったなんて言うな！　生きたくても生きられなかった奴だっているんだ。おれたちはせっかくこうして生き延びたんだぞ」

思わず声に出して怒鳴っていた。

その体だって自然に治ったわけじゃない。克己や他の人間が、おれたちを生かそうと頑張ってくれて、今があるんだ。

「その姿をしている間は、お前はクロだ。克己の猫なんだ。自分のために生きられないなら、せめて克己のために生きろ」

「何してるんだ」

硬い声にはっと振り向くと、脱衣所の入り口に克己が強張った顔をして立っている。

「クロは、人間に傷つけられて酷く怯えているんだ。そんな風に大きい声を出して、脅かさないでやってくれ」

「克己、こいつはクロじゃない。外側はこんなになったけど、クロはおれなんだ」

「……お前が何を信じていようが、それは構わない。そう信じなければいられないのだとしたら、お前を気の毒だと思うよ。だが、クロを巻き込むのだけはやめてくれ」

黒猫を守ろうとして、克己ははっきりとおれに怒りを向けていた。克己と心を通わせていた猫は本当はおれなのにと思うと、悲しいし、悔しい。

「最初に拾った頃も、クロは人間にやられたらしい傷を背中に負っていた。はじめのうちは酷く怯えていたが、それでも俺に心を開いてくれたんだ。優しい奴で、大事な犬を亡くして自分を失っていた俺を慰めてくれた。まるで俺の心が分かってるみたいに見えた」

克己の追憶《ついおく》の中のおれは、おれよりもっと上等な猫みたいに聞こえた。

居間の方から、床を這うようにして流れてくる『バラ色の人生』が、狭い空間を息苦しい程に満たしていく。

「……クロがこうなったのは、俺のせいなんだ。俺が油断しないでリードをちゃんと握っていれば、そいつは襲われることもなかったし、今みたいになることもなかった」

違う。サビ猫のちびを助けようとしたから、おれは襲われる羽目《はめ》になった。何一つ克己のせいじゃない。それなのに、克己はずっとそんな風に思っていたのか。ずっと自分を責め続けていたのか。

「違う。違うよ、克己」

「違わないよ。再び心を開いてくれというのが、身勝手で無理な願いなのかもしれない。もう、クロは二度と人間を許さないかもしれない。それでもいい。今度こそ、二度とそいつを傷つけさせない。そいつの心を今以上に痛めつけるようなことを許すわけにはいかない」

「克己、おれは……」

「それは、俺の猫だ。そいつに構うな」

おれの言葉を断ち切ったその調子と、これまで見たことがなかった冷ややかなまなざしによって、おれの前に引かれた境界線《きょうかいせん》を思い知らされる。克己には、克己と「クロ」の世界におれを立ち入らせる気は一切ないのだということを。

おれは瑞樹にも克己にも背中を向けて自分の部屋へと逃げ、ベッドに突っ伏した。

今日は箸が使えるようになったご褒美《ほうび》にと、克己が初めて食事に連れ出してくれた、おれにとって大事な日だったのだ。今日を楽しみにして、箸の練習だってあんなに頑張った。

食べた物は全部美味しかったし、昔の親しさが戻ったような時間がすごく楽しかった。

一日中幸せな気持ちだったのに、台無しになってしまった。

わずかに開いていたドアの隙間から、ラッキーの小さな顔が覗いた。短い脚でとことこと近寄って来た子猫を、おれはベッドの上に抱きあげた。丸い目でこちらを見つめ、心配そうに首をかしげるラッキーを抱いていると、その体の柔らかさと温もりに慰められる。

『くろう？　どっか、いちゃい？』

本当のことを言えば、胸が酷く痛い。だが、こんなちびっこに心配をかけるのは嫌だ。

『大丈夫、おれは元気だ』

『かちゅみ、いじめた？』

『克己は誰のことも苛めたりしない。絶対だ』

扉の隙間から黒猫が入ってきたので、おれは意外に思った。瑞樹の方からこちらに寄ってくることがあるとは思っていなかったからだ。

《……さっきは何だかちょっと気の毒だったかなと思って。あの人の好きなクロは、本当はアンタなのにね》

おれが克己に責められていたことを、気にしているようだった。悲観的で、自分の苦しみ以外に何も関心がない奴だと思っていたが、案外悪い奴ではないのかもしれない。

――瑞樹のせいじゃない。ただ、おれが悲しいだけだ。

前には確かにあった絆を、取り戻せないのが悔しいだけ。

《アンタが飼い主のあの人を慕っていることはよく分かったよ。けど、アンタが信じていた絆って、何なの？　所詮は思い込みか、幻《まぼろし》みたいなものじゃないの？》

瑞樹は黒い頭をかしげた。

《人間はみんな、自分を満たすために他の奴を利用するもんだろ。男たちは、オレが連れて歩いても恥ずかしくない見た目をしていて、面倒なことを言わなくて、後ろ暗い欲望を満たせるから、一晩だけの恋人としてオレを買ったんだ。愛してる、可愛い、ウリなんかやめて恋人になってくれって、何度も言われたよ。でもそれだって、金を払わずにオレを抱きたいから、そう言ってただけなんだ。あの人だって結局、アンタの外側しか見ていないじゃないか。自分にとって都合のいいペットだったから、クロを愛してたんだよ》

確かに、そう言ってしまえばそうなのかもしれない。克己はブチを亡くして寂しくてどうにかなりそうだったから、たまたまその場にいたおれを求めたのだろう。

――それのどこが悪い。

おれの心の声を聴いた瑞樹が、驚いたように金色の目を瞠る。

――みんな自分が生きるために、愛したり愛されたりすることを求めてる。それのどこが悪いんだ。

愛がなくても生きてはいけるってことは分かってる。おれだって、ここに来るまではずっとそうやってきたんだから。

けど、愛があれば生きていくことはずっと容易《たやす》くなる。自分が誰かに必要とされているという感覚が、どれだけ心を膨らませ、生きる力をくれるものだか知っている。自分が生きるために必要だから、必死で愛情を求めるんじゃないのか。

利己的ではない愛も、俺は知っている。全てを克己に捧げていたブチの愛情の深さは、崇高《すうこう》なほどだった。一人と一匹が、月夜の歩道に落としていた美しいシルエットを、今でも思い出す。

互いを満たしあっていた克己とブチは、溢《あふ》れる愛を人に慣れない飢えた子猫だった俺にも惜《お》しみなく分けてくれたのだ。

克己はおれを求めてくれた。

おれだけの名前。必要とされているという充足感、おれにしか埋められない居場所。

心から克己を好きだと思った。生きていてよかったと、この絆を手放さないためなら、どんなことでもできると初めて思えた。

人間になってから知る克己は、猫だった頃に知っていた男とは、重なりながら微妙にずれている。万能な存在じゃなくて、機嫌が悪かったりすることもある。親しくしてくれる時も、突然突き放される時もある。人としてのルールを守るように言われるし、猫だった頃のように、いつもいつも優しい顔ばかり見せてくれるわけじゃない。

けど、だからこそかもしれないが、一瞬通じ合ったと思える瞬間が、とてつもなく愛おしく思える。万能《ばんのう》ではない克己がくれるからこそ、つかの間の優しさや与えられた情を、猫だった頃よりずっと直《じか》に、貴重に感じることができる。

　克己を見ていると、猫の時には感じなかった切ないような胸苦しさに襲われる。それがなぜだか分からないけど。猫だった頃の完全無欠な一体感を惜しみながらも、今感じているそんな微かな、正体のわからない痛みさえ、手放したいとは思えないのだ。

　――全部克己がくれた。おれには、克己だけだ。愛にどんな種類があるかなんて、おれの頭じゃ分からないし、正直どうだっていい。克己がおれを求めてくれるなら、それがどんな理由からだって構わない。

《愛ってそういうものなんだ？　愛されたことも愛したこともないから、オレにはよく分からないけど。何だか割に合わないんだな》

　つぶやくような心の声を残して、瑞樹は部屋から出て行った。

　扉の隙間の向こうに消えた長い尻尾を他の奴のものみたいに眺めながら、骨が折れたのに短く切られないですんでよかったと思う。自分ではこの尻尾が、特に目立つところのないひたすらに真っ黒な体の中で、一番かっこいい部分だと思っていたから。

　おれが入っているこの体の元の持ち主の名前は、瑞樹。やっと話せたし、名前も聞けた。けど、まだ分からないことがいっぱいある。たとえば、首に下がっていたペンダントのことか。それは少しずつ、瑞樹と親しくなるうちに聞けることだろう。

おれには、「クロ」の愛情を求めて得られずに一方的な愛を注いでいる克己よりも、克己に以前どおりの愛情を求めて叶わないでいるおれよりも、愛を知らずに割に合わないと言う瑞樹の方がずっと寂しいように思われてならなかった。

第六章

夕方、いつものように健介がスケボーしないかと誘いに来た。俺を誘うのを口実《こうじつ》に、ラッキーに会いに来ているのだ。ラッキーの方も今では健介に気を許して、夢中で遊んだり、おとなしく抱かれたりしている。

健介だったら瑞樹も怖がらないいんじゃないかと誘ってみたこともある。けれど、そんな時瑞樹はだんまりを決め込んで、決して棚から下りてこようとはしない。

瑞樹はほとんどの時間、猫の置物みたいに座り込んでいる。運動不足のせいでおれの体には少し肉がついてきている。あまり重くなっては、あの体に戻ってから苦労しそうだ。

ラッキーと別れるのを名残惜《なごりお》しそうにしている健介を促して、公園に向かう。

家から一歩も出ない瑞樹はもちろん、ラッキーも外には行きたがらないので、猫たちは家で留守番だ。

克己からお金をもらって、おれは三千円でまっさんから板を買った。元は一万七千円した板で、お値打ち品だとみんなが言う。まっさんから譲ってもらった板は「安定性が高いけど技向きではない」ので買い換えたということだが、おれにはとても乗りやすい。

それに乗って夕方から公園に行くのが、おれの日課になっていた。

ひとしきりスケボー少年たちと遊んで、今日は新しい技も教えてもらえた。おれは、今ではそこに集まってくる奴らの中で、まっさんと健介の次ぐらいに上達している。

才能がある、なんて言われてこそばゆかったけど、正直嬉しい。おれは、人間としてはできないことの方がずっと多いから、少しでも得意なことがあってよかった。


診察時間の終わりに近くなってから家に帰るのもお決まりのコースだ。克己に少しでも早く会いたくて、病院の待合室で診察時間が終わるのを待っていることが多い。

待合室には兎《うさぎ》を入れたケージを膝に抱えている母親と、待合室に置いてある絵本を読んでいる六歳ぐらいの男の子と、オレンジ色の牝猫を連れた女がいる。

兎が怯えているようだったので、猫語で『誰もお前を食うつもりはないから怖がる必要はない』と言ってみたが、余計に怯えさせてしまったようだ。

『あなた、人間なのに猫の言葉が話せるの？』

女に抱かれている牝猫が話しかけてきた。

『おれは元は猫だからな』

突然にゃあにゃあ言い始めたおれを、兎を連れた母親と猫の飼い主が気味悪そうに、絵本を膝に置いた子供が興味深そうに見たが、構いやしない。

『それじゃあ、わたしの飼い主に伝えてもらえないかしら。菜々美《ななみ》はわたしのことをとても可愛がってくれるけど、わたしの言葉は全然分からないのよ』

『おれにできることなら伝えるぞ』

『何日も、お腹の辺りが苦しくて仕方ないの。部屋に落ちていたスーパーの袋の感触が鰹節に似ていて、つい食べてしまったのが悪かったのかもしれないわ』

おれは猫を抱いた飼い主に向かって、猫の言葉を伝えてやった。

「あんたの猫が、スーパーの袋を食ったそうだ。それで腹が苦しいって。克己が治してくれるから、克己にそう言え」

いきなり話しかけられた女はぎょっとした顔をしたが、「紅林《くればやし》さん。診察室にお入りください」と中西に声をかけられて、おれの方を警戒《けいかい》するように振り返りながら、診察室へと入って行った。

「あのお兄ちゃん、なんで猫みたいな声出してるの？」

子供が母親に尋ねると、母親は焦ったように子供をたしなめた。

「しっ。静かにしなさい」

子供は再び、膝に置かれた恐竜《きょうりゅう》の絵が描いてある絵本を読み始めた。本には絵だけでなく、字も書いてある。

「お前、字が読めるのか。それは何て書いてある？」

おれが話しかけると、子供は怪訝そうな顔をした。

「お兄ちゃん、読めないの？　大人なのに変なの」

「おれも字が読めたらいいと思う」

「読んであげようか？」

「いいのか？」

子供は、その絵本を声に出してゆっくりと読んでくれた。子供の小さな指が、一文字一文字を辿《たど》るのを、おれは食い入るように見つめた。

子供の母親が兎を連れて診察室に入り、やがて兎と子供を連れて帰ってしまってからも、おれはその絵本をずっと眺めていた。全部同じみたいに見えた文字が、一つ一つ異なる音を持つのだと思うと、俄然《がぜん》楽しくなる。一文字一文字の形を覚えるのが、とても楽しい。

いつか克己に向かって、ひとりで難しい本を読んで聞かせて感心させたい。

克己が来るまで待合室で待っているつもりだったのだけれど、診察室から顔をのぞかせた克己に「遅くなるから戻ってろ」と言われて家に帰されてしまった。急に入ったさっきの猫の手術に時間がかかるのだという。

「夕飯が作ってあるから、先に食ってろよ。電子レンジの使い方は、もう覚えただろ」

絵本を家に持って帰り、子供の声を思い返しながら、声に出して本を読んだ。おれの傍らにはラッキーがちんまりと座って、音読に耳を澄ませている。

いつもよりだいぶ遅い時間になって、やっと帰って来た克己は、少しだけ疲れたような顔をしていた。

ちょうど餌を食べていた黒猫のそばに黙って近づいて行ったが、瑞樹は克己に気づくと、ぱっと身をひるがえして浴室の方に逃げてしまう。克己は寂しそうに、瑞樹の去った方向に視線を漂わせている。

おれが猫のクロだった頃、克己は患畜を助けられなかった時などに、黙っておれを膝に抱いていたものだった。今夜の克己が微妙に沈んでいるようなのが気になる。

「何かあったのか？」

そう言えば、オレンジ色の牝猫の手術があったはずだ。何かあったのだろうか？

「あの猫は無事か？」

「手術は成功した。レジ袋を飲み込んでいたんだ。飼い主がそれをお前が言い当てたと話していたが、どうして分かったんだ？」

「あの猫から聞いた」

「……不思議な奴だな。お前に言われると、何だか信じたいような気分になってくるよ。まだ飯を食っていなかったのか。待っていなくてよかったんだぞ。腹が減ったろう」

克己は作りおいてあった料理を手早く温めて食卓に並べてくれた。

今日は鳥団子《とりだんご》のスープ。団子ばかり食べようとするおれに、克己が「野菜も食え」と言うので仕方なく口にしたら、肉の味が染みた野菜は思ったよりずっと美味しかった。

「猫が無事なら、克己はなんで元気がない？」

「別にそんなことはない。明日が休診日で忙しかったからな。少し疲れたんだろう」

「元気がない」

疲れただけなら、克己はこんな風にならないと思う。大きな手術があった後でも、成功するとむしろ昂揚《こうよう》するのか、克己は普段よりよくしゃべった。スープのスプーンを口に運びながら、上目づかいで克己をじっと見て、ごまかされないぞと無言で告げる。

「仕事の話を家でする気はないんだ。聞いても愉快になる内容じゃないからな」

「聞く」

少しでも克己の気持ちが軽くなるなら、いくらでも聞く。話すまで目をそらさないという意思を込めて克己の目を見つめていると、克己は諦めたように話し始めた。

「精密検査の結果を犬の飼い主に伝えていて遅くなったんだ。結果が思わしくなくて、断脚の手術をすることになった。犬にとっても飼い主にとってもつらい決断だ」

「どんな犬」

「ポインターの牡だ」

「白黒ぶちの犬？」

「そうだ」

克己はまた、ブチのことを思い出しているのだろう。克己の心の慰めになっていたのは、誰よりもブチだった。ブチの亡き後はおれがその役割を受け継いだ。

人間になってしまったおれでは、ブチやクロの形に開いた穴を塞《ふさ》げない。克己の心を癒す存在になれないのが歯がゆい。

食事もそこそこに、克己はパソコンに向かって何かをし始めた。

「まだ寝ないか？」

「もう少し」

人間の姿になってこの家に戻ってきて以来、克己はおれを同じベッドに入れてくれないが、寝る前に抱きつくと仕方なさそうに頭を撫でてくれる。それだけが楽しみで、おれはこうして待っているのに、克己はつれない。

「お前は先に寝てろ」

こちらを見もしないから、おれは悔しくなって、パソコンと克己の間に割り込み、克己の膝の上にまたがった。

「おい、何をやってる。邪魔《じゃま》をするな」

あまり嬉しそうではない。と言うより、はっきりと迷惑そうだ。

おれは情けない気持ちになった。猫だった時には、パソコンのキーボードや膝の上に乗ってしまえば、克己は仕事の手を休めておれに構ってくれた。そんな時でも決して迷惑そうな様子を見せず、愛情のこもったまなざしで見つめてくれたのに。

おれは、克己の首を引き寄せて、顔を舐めてみた。ブチの死で心を凍らせていた克己が、公園で初めておれに心を開いてくれたあの時と同じように。

だが、克己の目元がさっと赤らんだかと思うと、体を強張らせておれを押しのけた。

「何の冗談だ。よせ」

焦ったような、困ったような顔。猫のおれに舐められるのはよくても、人間のおれに同じことをされるのは嫌なんだ。

悲しい。悔しい。……克己のばか。

おれは乗っていた膝を下りて克己の寝室へ走り、ベッドに倒れ込んだ。いつもおれを安心させる克己の匂いに包まれていても、今は気持ちが晴れない。猫じゃないから、人間だから、克己はおれを愛してくれない。

どうやったら克己の愛を取り戻せるんだろう。

考えているうちに、おれは眠ってしまったらしい。気がついた時には、部屋は暗くなっていて、肩まで毛布と布団に包まれていた。克己が来たようだが、ベッドにはいない。

まだ仕事をしているんだろうか？

ベッドを抜け出してリビングに戻ると、克己はソファの上で毛布をかぶって眠っていた。それを見たら、眠る前の悲しい気持ちがそっくり戻ってきてぐんぐん膨れ上がり、頭の中が熱くなった。

おれが克己のベッドを占領《せんりょう》していたから、こんなところで寝る羽目になったんだろう。つまりは、こんなところで寝るぐらいおれと一緒のベッドでは寝たくないってことだ。

急に、激しい絶望感がこみあげてきた。

どうしたら、前と同じように愛してくれる。

人の体になってしまったのはおれのせいではないのに、体が変わっただけで嫌うなんて酷い。おれだって、戻れるものなら猫のクロに戻りたい。おれたちの間に確かにあった、あの温かな絆を取り戻したい。

おれが床に膝をついてしがみつくと、克己が身じろぎをした。目を覚ましておれに気がつき、ぎょっとしたようにソファから体を起こす。

「……玖朗？　どうしたんだ」

「おれを好きになれ。克己」

「お前、泣いてるのか？」

猫は泣かない。だからおれも泣かない。ただ、胸が張り裂けそうで、体がわなわなと震えた。こうして克己にしがみついていないと全身がばらばらにほどけてしまいそうだ。

「おれは、クロだ。克己、おれがクロだ」

体が違うだけ。どうしておれが分からない。姿が変わっただけで、どうして元のように愛してくれないんだ。

後になってこんな風に突き放すなら、あんたはおれを、あんたの猫にしちゃいけなかった。後になっていらないものにされるぐらいなら、おれを放っておいてくれた方がよかった。もう今更おれは、孤独で誇り高い野良猫にも戻れやしないのに。

克己の首を引き寄せてあごの下に頭を擦りつける。克己はしばらく黙っておれのしたいようにさせていた。やがて、大きなてのひらが俺の後頭部を包み込んだ。

「俺はお前を……可愛いと思ってるし、大事に思ってるよ。それじゃ不足か？」

胸が詰まって答えられない。

「お前はそんなに、俺の猫として扱われたいのか？」

克己の首筋に顔を埋めたまま、何度も頷く。そうだ。おれはあんたの猫だよ。

「そこまで人間でいるのが嫌になるほどの、何がお前にあったんだろうな」

しばらく黙っていた克己が静かな声で言った。

「それがお前の望みなら、猫として扱ってやる。どうしてほしいんだ」

「一緒に……一緒のベッド……」

克己が無言で立ち上がった。また拒絶されるんだと怯えてうずくまっていると、克己がおれの背中とひざ裏に手をかけて抱き上げた。全身を克己に委ねる感覚はとても久しぶりで、でも克己がどう思っているのか分からなくて、震えが止まらなかった。

ゆっくりと廊下を進み、克己のベッドに降ろされる。ぎし、と音を立てて克己がおれの隣に横たわり、おれの肩まで掛布団を引き上げた。

「すっかり体が冷えてしまったな」

一緒に寝てくれるのか？　おれがクロだって、やっと分かってくれたのか？

おれより体温の高い、肉厚な体。克己の匂い、克己のぬくもり。欲しくてたまらなかったものが、すぐ傍らにある。

夢中になっておれが身を寄せると、反射のように克己が体を固くした。それで分かった。克己はクロだと分かってくれたわけじゃない。本心では、おれに触れるのが嫌なのだ。

胸がきゅっと絞《しぼ》られるように痛い。おれが求めるから我慢して一緒に横になってくれたけど、これは克己の望みじゃない。おれたちの心が一つに重なったわけじゃない。

こんなに近くにいるのに、克己を遠く感じる。

「ぎゅってして」

克己は望み通り、おれを抱きしめてくれる。それでも、胸が握りつぶされるみたいな痛みは治まらない。硬い胸や腹に体を擦りつけ足を絡めると、全身が熱くなる。けど、見えない紙が間に挟まっているようで、おれが熱くなるほどに克己との温度差が酷くなるばかりのような気がする。

「もっと」

心が、寒いよ。

「もっと……」

もっとぴったりと重なりたい、隙間がなくなるまで克己でおれを埋めてほしいのに、これ以上、どうすればいいのか分からない。思いつく限りのことはやってみたけれど、おれの克己を取り戻せない。

「克己、克己」

胸を突き破りそうな想いを何と言葉にしていいか分からなくて、おれは眠りに落ちるまで、ただ克己の胸にすがりついてその名前を呼び続けた。


翌朝、おれは小鳥のさえずりに起こされた。布団よりもっと大きくて温かいものに抱きくるまれている。指先で探ると、硬い胸板に触れる。

克己だ。一晩中、こうして抱きしめていてくれたのか。

昨日感じていた頭の中が真っ暗になるような寂しさは、跡形もなく消えて、とても満ち足りた気分だった。毎晩、こうして一緒に眠ってくれないかな。そうしたら、おれは二度と寂しくならないのにな。

克己はまだぐっすりと眠っている。

猫だった頃にも何度も見たはずの寝顔をじっくりと眺めていると、胸の奥がきゅんとする。まだ弱い朱の光を浴びた克己の額に前髪が落ちて、目覚めている時より若く見える。

克己はこんな顔をしていただろうか。

鼻が高くて、すーっとまっすぐな鼻筋をしている。直線的なきりっとした眉。とじた瞼を縁取る睫毛《まつげ》が、結構長い。

人間の美醜《びしゅう》はよく分からないが、克己のことは美しいと思う。中西はすぐ克己の顔を怖いと言うけど、おれにとって克己の顔ほど優しい顔はない。左頬に傷はあるけれど、そんなことは全く気にならない。

猫のクロだった頃、克己を起こすのはおれの役目だった。だから、おれはその頃と同じように、克己の顔を舐めてみた。寝ている克己をびっくりさせたくなかったから、あまり強引にはせず、そこだけ少し感触が違う傷跡にもそっと舌を這わせる。

「ん……」

克己が身じろぎしたので、おれは後ろめたいことを見つかったように、びくっと体をすくませた。猫の頃と同じことをしていただけなのに、なんでこんな気分になるんだろう？

「くすぐったいよ、クロ」

あやふやな声でそう言うと、柔らかく笑って、克己はまた寝息を立て始めた。

おれは、克己の寝言に感電したようになって、しばらく身じろぎもできずにいた。

クロって言った。おれを、クロって。

泣きたいぐらいに嬉しくて、再び寝入ってしまった克己の顔を舐める。舐めるうちにおれの唇が克己の顔に当たり、唇に皮膚《ひふ》が擦れる感触が気持ちいいのを知って、顔のいろんな場所に唇を押しつけてみた。

うっとりするほど気持ちいい。人間の唇って、とてもよく感じるんだな。

眠る人の輪郭《りんかく》のはっきりした唇に、自分の口を押しつけてみたらどんな気持ちだろう。

想像しただけで、胸が騒がしく高鳴り始める。

そう思った時、克己がおれを抱きすくめてきた。体がくるりと返され世界が回転する。

逞《たくま》しい体の重みでベッドの上に押しつけられ、想像した通りのことを克己の方が仕かけてきた。降ってくる唇がおれの唇に押し当てられ、何度もついばんでくる。背筋が震えて、全身から力が抜けた。

克己の口唇《こうしん》がおれの唇を割り、隙間から舌が侵入する。

「んっ……！」

驚いて逃げようとした舌を、克己が追いつめる。吸い出された舌をあやすように舐められる。途端に、ぞくぞくするほどの快感が巻き起こり、おれは恍惚《こうこつ》となった。

鳥の鳴き声だけが聞こえている明け方の室内に、小さな水音が立っている。とろりと柔らかくて、少しだけざらっと毛羽立って、たまらなく気持ちのいいものが、おれの心をもみくちゃにして何もかも分からなくさせる。

浮いているのかまっさかさまに落ちている最中なのかも分からない。

体が熱い。燃えてしまいそうだ。

気持ちいい。もっと、もっとして。

気持ちのいい行為は、突然押しのけられて中断された。

――えっ？

おれの上がってしまった息遣いだけが響く部屋で、呆然《ぼうぜん》とした様子の克己が、おれの肩をつかんでいる。

「……すまん」

なぜ謝られるのか分からない。ぞくぞくするほど気持ちよかったし、嬉しかった。どうして止めてしまったんだ。

克己はベッドの上で正座《せいざ》して、深く頭を下げた。

「寝ぼけて、その……間違えた。すまなかった」

間違えた？　今のは、おれにしてくれたんじゃなかったのか。

誰と間違ったんだろう。他の誰かと、克己はこんなことといっぱいしたのか。

おれとは、今みたいなことをするのは嫌だったのか？

その惨めさに打ちひしがれる前に、おれは自分の身に起こっているとんでもない変化に気がついて仰天《ぎょうてん》した。

「克己。変だ。ここ、ものすごく硬くなってる」

下腹にある牡の象徴《しょうちょう》が、熱く猛《たけ》っている。

この、腹の奥が重だるくなって前が張る感じ。おれだって、何度も生まれ変わっているんだから、ここの使い道ぐらい知ってる。ただ、牝とつがう時に起こる現象が、何故克己のベッドで起こっているのかが分からない。

「ああ。朝だし、俺が妙な真似したしな。トイレで抜いてこい」

克己は気まずそうだが、簡単なことのようにそう言った。

「まだ交尾の季節じゃない。牝猫もいない」

「何を言ってるんだ。牝猫がどうしたって？　お前、大丈夫か？」

硬く張って脈を打ち痛いぐらいになった部分を、おれは何とかしようと押さえつけた。

「治らない……。ズキズキする」

人間のここの呼び名は、初めてひとりで用を足す男の子の絵本で覚えた。

「克己、どうしよう。おちんちん、痛い」

「お前、自分でここ弄《いじ》ったことないのか？」

知らない。つらい、苦しい。

おれは克己の胸にすがって、じっとしていられない体を腿に擦りつけた。張りのある硬い腿に擦られると、先端からじわりと何かが漏《も》れて、下着の前が濡れるのがわかる。けれど、これだけの刺激ではたまらないようなもどかしさに決着がつけられない。

「克己、助けて」

「……仕方ない。抜いてやる」

克己は強張《こわば》ったような顔で、おれのパジャマを下着ごとずらした。下着の縁に引っかかっていたおれのモノが、弾かれたように飛び出して、勢いよく腹を叩く。その刺激におれは呻《うめ》いた。

克己なら助けてくれるという絶対の信頼だけを頼りに克己に縋る。

「早く……早く……」

「すぐ、楽にしてやるからな」

すでにじっとりと先を濡らしていたおれの性器は、克己の大きなてのひらに包まれると、安堵《あんど》の吐息をつくように震えた。大きくて力強い手の筒《つつ》が、握りこんだおれのモノを擦る。

刺激の強さと気持ちよさに、思わず声が出た。

「あぁ、あ！」

おれはがくがくと小刻みに頷いた。

「気持ちいいか？」

返事をすればこの快楽をもっと与えてもらえる。おれはがくがくと小刻みに頷いた。

「いい、気持ちい……はぁっ、あん、あぁっ」

言葉を紡《つむ》ごうにも、舌がもう回らない。

やがて、スライドする動きはいよいよ速くなり、柔らかな包皮《ほうひ》が擦り切れてしまうのではないかというほどになる。

薄い茂みに隠れた根元から、おれ自身が抜け落ちてしまうんじゃないかというぎりぎりのところまで、克己はまんべんなくおれの熱芯を扱いていく。むき出しになった先の丸みと一周する窪《くぼ》み、特に敏感な箇所を克己の手の腹が往復する瞬間がたまらない。

性器から全身に火花が散るような感じがあって、おれは背中をのけぞらせ、達した。

「……っ！」

途端に、どっと汗が噴き出してくる。ひりつく性衝動に片《かた》がついた安堵感で、おれはほうっと深い息をついた。体にまるで力が入らない。

「楽になったか？」

まだ浅く速い呼吸が治まらないおれのパジャマを直してくれてから、克己はティッシュの箱を引き寄せて濡れた手をぬぐった。それを見ていたら、克己の手を汚してしまったんだということが改めて意識された。

こんなこと、克己にさせてよかったんだろうか。無我夢中だったたし、おれは気持ちよかったけど、克己は汚れて気持ち悪かったんじゃないだろうか。

「ごめ……」

「謝ることじゃないさ。半分以上俺の責任みたいなもんだし」

押し殺したような呼吸がわずかに乱れ、声がいつもと違っている。やっぱり嫌だったんじゃないかと心配になるが、しがみついているおれを、克己は突き放さなかった。

克己の胸の中は、やっぱり気持ちいい。胸の筋肉の形をてのひらで確かめ、克己の肌の香りを吸い込み、首筋に頭を擦りつけていると、猫に戻ったみたいで安心する。

「克己の匂い」

「汗臭いか？　今、変な汗かいたからな」

頭の上で、克己が苦笑する気配がする。

「いい、匂い。この匂い、好き」

おれがそう言うと、抱きついている体がぐっと固くなった。克己の匂いは安心するけれど、それだけじゃない。ずくん、と覚えのある疼きが再び腰の奥に起こってきて、おれは焦ってしまう。さっきと同じ。克己の匂いのせい？

「あ、また……」

どこかが壊れてしまったように、また兆《きざ》し始めている。交尾の季節でもないのに何度も盛りがついたようになってしまう自分が、異常に思えた。

「どうしよ……、おれ、病気？」

「病気じゃない。若いだけだ」

知ってしまった愉悦《ゆえつ》を体が求めて、腰を克己に擦りつけてしまう。

もう一回、さっきのをしてほしい。頭が変になりそうなぐらい気持ちのいいやつ。

克己はおれのパジャマのズボンのウエストから、てのひらを滑り込ませ、さっき慰めてくれたばかりのものを再び握った。

「やじゃ、ない？　嫌いになる？」

「ばかだな。こんなことで嫌いになったりしないさ」

いっぱい、触ってほしい。体中を克己にくっつけたいし、舌で舌をあやしてくれたあの気持ちがいいことを、もう一度してほしい。

「ちゅって、ぺろぺろって、して。さっきの、口くっつけるやつ……」

「……お前、たち悪いぞ」

克己が苦しげに言う意味が分からなかった。溺《おぼ》れるような息遣いで喘ぎながら、克己の唇を求めると、やがて唐突に必死の願いは叶えられた。

ぐい、と首を引き寄せられて、奪うような口づけが与えられる。さっきはあやすようだった舌の動きが、おれの口腔《こうくう》をなぶるような、攻め立てる動きに変わっている。

上あごの内側。舌の側面や、舌裏のつけ根。もぐりこんできた克己の舌先が、思いがけない場所を舐めあげるたび、尾てい骨が痺れたようになって、腰が震える。

「んーーン……ッ」

おれは夢中で、おれの舌を弄ぶものに応えようとした。

気持ち、いい。

一度目の時にはためらうようにおれの様子をうかがっていた克己の手の動きも、迷いを振り切って、より的確に、容赦のないものに変化していた。

薄く目を開けると、焦点《しょうてん》を合わせられないほど近い位置で、克己がおれを見ていた。怒ってでもいるように獰猛《どうもう》な視線。

おれの口腔を探る舌と、おれの下腹を攻め立てるてのひらは、意外なまでに執拗《しつよう》だ。まるで克己の方もおれに触れることを欲しているんだと錯覚《さっかく》してしまいそうな――。

くちゅくちゅと水音を立てているのが、繋《つな》がった二人分の口腔なのか、克己にあやされているおれの下半身なのか、もう分からない。

「あ！　あああぁっ」

たわめきったバネが一気に戻るような感覚。放出の瞬間、すさまじい快感が全身を貫く。

頭が真っ白になって、さっきよりもっと高い快感の大波に、全部持っていかれた。

短い時間、おれは眠っていたようだった。目が覚めた時には、すでに克己の姿は部屋になかったが、おれの中の不安は綺麗に消えてしまっていた。もやもやしていた気分が、底までひっくり返して洗ったみたいにすっきりしている。

猫だった頃は克己に毎日抱いてもらえたけど、こんな風な触れ方をしてもらったことはない。克己のベッドに横たわって、克己がいた場所のシーツに触れ、初めて知る満足を頭の中で何度も繰り返し味わった。

すごくすごく気持ちがよかった。

一番プライベートな場所を克己に触れてもらって、克己との関係が一つ上のステージに上がったような気がしていた。

胸の奥が痒《かゆ》いような、全身がくすぐったいような感じがする。胸の中が温めたミルクみたいなものでいっぱいになって、はちきれそうだ。おれが猫のままだったら、喉《のど》をごろごろ鳴らしていたに違いない。

しかも、今日は診察がない。克己とずっと一緒にいられる日なのだ。嬉しすぎて胸の奥がきゅーっとする。毎晩同じベッドに寝てくれて、時々でいいからこんな風にしてもらえるなら、人間のままでいてもいいな。

ベッドから下りて克己を探しに行くと、サンルームに置いた椅子に座っているのを見つけた。克己もおれと同じような気分でいることを疑わず、駆け寄ろうとして脚を止める。細い煙《けむり》が捻じれながら立ち上っている。克己が煙草《たばこ》を吸うのを一度も見たことがなかったから、おれは少し驚いてしまった。さも苦そうに煙草をくわえた横顔は、幸福な人のものではなかった。むしろ、悩みを抱えている人だと言われた方がしっくりくる。

克己は、煙草の先で灰が長くなっていることにも気づいていないようだった。物憂《ものう》い横顔が、知らない人のように見えた。

第七章

いつものようにスケボーで遊んで動物病院へと帰ってくると、病院の門から少し離れた場所に大きくてピカピカの車が二台停まっていた。一台は黒塗り、もう一台はシルバーだ。おれがそばを通り過ぎようとしたら、立ちふさがるように黒の車から出てくる男の姿があった。

撫でつけられた髪に、黒っぽい色のシャツとスーツ。服はびしっと決まっているのに、どこかに崩れたものを感じさせる狼じみた容貌。小暮だ。

おれは相変わらずこの男が苦手だった。克己に対しては友達思いだが、こんな風に立っているだけで、不穏《ふおん》な何かがこの男からは漂ってくる。この男を自分の中でどう位置づけていいのかいまだに分からない。

「よう、子猫ちゃん。スケボーか？　いいご身分だな」

おれは、大事なスケボーと教科書を背中に隠すようにした。この小学生用の教科書は、おれが文字を覚えたがっているのを知って、健介がお古を持ってきてくれたものなのだ。大事なものたちを、何となく小暮には見られたくない気分だった。

「お前とはいっぺん話したいと思ってたんだ。乗れよ」

「……遅くなったら克己が心配するから」

「なあに、時間を取らせやしねえよ」

小暮に取り合わずに通り過ぎようとしたおれの背中に、言葉が投げつけられる。

「大好きな犬飼の話を聞きたくねえのか？　例えば、顔のあの傷はどうしてできたんだとか、沙耶子のこととかな」

沙耶子。すっかり忘れていた名前を持ち出されて、おれは脚を止めた。まるで思いがけない場所で亡霊に出くわしたみたいだった。

例のペンダントの最初の持ち主で、克己のお兄さんの婚約者だったという女性。

克己のことはなんだって知りたい。沙耶子のことも、頬の傷のことも、正直、聞きたい気持ちはある。だけど。

「克己が話さないことを、勝手に聞くのはいけないと思う」

「ずいぶんあいつへの関心が薄いんだな」

「おれは、克己のそばにいられればいい」

「お前、あいつに散々面倒見させてるんだろ。それなのに、あいつが抱えているものはどうでもいいってのか。お前はあいつの人の好《よ》さを利用してるんだよ」

棘《とげ》のある口調から、小暮はおれが克己のところにいるのが気に入らないんだなと感じた。

「違う。おれはいつも、克己のことを考えている」

と言うか、克己のこと以外考えていないと言った方が正しい。

おれは人間としてはできないことだらけだし、足りないところを咎《とが》められるなら致《いた》し方ないが、克己への愛情が薄いみたいな言いがかりをつけられて責められるのは心外だった。

動物病院から犬を連れて出てきた若い男が、おれと小暮を見ると、まずいものを見たというように慌てて目を逸らして足早《あしばや》に立ち去った。

「俺みてえなのとこんなところでもめてたら、病院の評判が落ちるかもしれねえぜ」

そう言われてしまうとそうかもしれないと思えて、おれは小暮の話を車で聞くことにした。小暮が先に車に乗り込むと、シルバーの車から柄シャツに派手な縞《しま》スーツ姿の男が一人降りてくる。

「ああ、こいつと話す間、この辺りをぐるっと回るだけだ」

と小暮が言うと、男は乗っていた車に戻った。

後ろのシートで、小暮からできるだけ離れるよう、ドアに体側《たいそく》がくっつくまで端に寄った。

「この辺りを適当に走ってくれ」

完全に仕切られていて運転手の姿は見えないが、小暮の言葉に従って、車は滑《すべ》るように滑《なめ》らかに走り始めた。背後の窓を振り返ると、さっきのシルバーの車が後をついてくる。

いきなり、パシャッという音がしたので、驚いて振り向くと、小暮がおれに携帯電話を向けていた。もう一度同じ音が車内に響く。

「何してる？」

「デートの記念。写真映えするなぁ、お前」

からかうような言葉とは裏腹に、おれを眺める小暮の視線は冷ややかだ。

「で？　お前、いつまであそこに居座るつもりなんだ。あいつとどういう関係なんだよ」

「克己はおれの飼い主だ」

「……飼い主か。お前は可愛いペットってわけだ。お前ら、寝てんのか？」

「克己は一緒に寝てくれる」

おれが頷くと、小暮は口笛《くちぶえ》を吹いた。

「やっぱりな。あいつもやることやってんじゃねえか。あの朴念仁《ぼくねんじん》が、男のガキに手を出すとはな。それで？　あいつとどんなことやってんだ」

「一緒にご飯食べたり、テレビも見る。あと、買い物と散歩もする」

「見え透いたおとぼけはなしにしようぜ。同じベッドに寝て、何もやってねえわけじゃねえんだろう？」

猫として扱われたいのかと聞かれたあの日以来、克己は同じベッドで眠ることを許してくれている。朝におれが勃起《ぼっき》してしまうことも多くて、そんな時は克己が硬くなったものを扱いてなだめてくれる。

　体をすり寄せている時に、克己のものがおれの腿に当たったこともある。おれのものよりずっと大きそうなそれにびっくりして、何故だか生唾《なまつば》を飲み込んだ。おれも克己のをしなくていいのかと尋ねたら、自分で始末をつけられるからしなくていいと言われた。

　触れてみたいような気がしていたから、内心がっかりした。

　克己はおれに何も求めない。猫だった頃は顔を舐めると目を細めてくれたのに、今同じことをしようとすると、強張った顔で拒《こば》まれる。

「克己は触ってくれるけど、おれが舐めると嫌がる」

「へえ。おしゃぶりが嫌いって男も珍しいな。他にあいつはお前にどんなことするんだ。お前のココは可愛がってくれねえのか？」

　隣から伸びてきた手が、おれの性器に前ぶれもなく触れてきた。

「触るな！」

　おれは不快な手を払った。隣の男の様子がねっとりとした感じに変わった気がして、本能的な警戒心が湧《わ》いてきた。何だか獲物《えもの》を前にした獣のような気配だ。

「怒んなよ。聞いてるだけだろ」

「おちんちんが硬くなると、克己が治してくれる。でも、克己のは、触らせてくれない」

　小暮が唇を舐めた。

「手コキもフェラもなしってことは、お前、掘られてんのか」

小暮の言っていることは半分以上分からないし、反応も奇妙だ。おれと克己が眠る時のことが、どうしてそんなに知りたいのだろう？

「小暮の言っていることが分からない」

「だから、犬飼はお前のケツにぶちこんでんだろって言ってんだよ」

「おれの尻に克己が何をするって言うんだ？」

本当に、小暮はおかしい。こんなに意味の分からないことばかり言う人間は小暮だけだ。子分をひきつれて、こんなでかい車に乗って偉そうにしているけど、本当は少し頭が悪いのかもしれない。小暮ももっと、人間の言葉を練習したらいいと思う。

「お前、とぼけてんのか？　それともマジか」

小暮から、男同士では互いの性器を舐め合ったり、肛門に性器を挿入《そうにゅう》したりするのだという意味のことを教えられて、おれは耳を疑った。

「……お尻に、挿《い》れる？」

恐ろしくなっておれは身震いした。おれがものを知らないと侮《あなど》って、かつごうとしているに違いない。おれは上目づかいで小暮を睨んだ。

「嘘だ。そこは、交尾に使うところじゃない」

「交尾ときたか。見た目ガキっぽい割に、言うことがちょいちょいエロいよな。段取りを踏んで慣れれば、掘られる方も感じるって言うぜ」

とても本当のこととは思えず、それが可能かどうか尻の穴のサイズと性器の径について考えていると、小暮が冷ややかな声を出した。

「まあ、これがあいつがやつれてる原因かもな」

克己が、やつれてる？　聞き捨てならない言葉だ。

「久しぶりに会って驚いたぜ。疲れた顔して、目の下が真っ黒じゃねえか。よく眠れてねえんだろう。毎日一緒に暮らしてて、何も気づかなかったのかよ？」

自分がものすごい見落としをしていたようで。急に焦りがこみあげてくる。

克己はやつれていただろうか。今朝の克己はどうだった？　言われてみれば、少し顔色が悪かったような気もする。でも、全然気づかなかった。克己が優しいことが嬉しくて、知ったばかりの快楽に溺れて、他のことが見えなくなってた。

「あいつは人が一緒だとよく眠れねえんだ。昔あいつと何度か寝たことがある女が、そう言ってた。どんなに遅い時間になっても、絶対に泊まらねえんだってさ」

知らなかった。てっきり受け入れてくれているものだと思っていたが、克己はずっと我慢していたのか？　おれのせいで、克己はよく眠れないのか？

初めて克己と一緒のベッドで眠った朝、知らない人のような横顔でたばこを吸っていた克己を思い出す。その時、ちょっと気にはなったけれど、一緒に寝られる幸せに気をとられて忘れてしまっていた。

おれの心を読んだように、小暮が鋭い口調で「お前のせいだ」と言った。

「気心の知れねえガキの世話をするだけでも気苦労なのに、お前はあいつに気持ちいいことさせるばっかりでお返しはなしなんだろ。添《そ》い寝して際どいことまでやってるってのに、酷え生殺《なまごろ》し状態だよなあ？」

「おれはするって言ったんだ、でも克己が……」

「そりゃあ、あいつはお前に欲情したって始末をつけさせることも、ましてや抱くこともできやしねえだろうよ。お前はあいつの息子かもしれねえんだから」

おれが、克己の息子？

いや、この体の本来の持ち主、瑞樹のことを言ってるんだ。

でも、そんな話は克己からは一言も聞いていない。瑞樹が克己の息子？

「沙耶子のことを聞いてるか」

「克己のお兄さんの婚約者だって」

「ああ、そうだ。そしてあの頬の傷の原因になったのも、その女だ」

その扉を開けると、元には戻れない。ふいに、そんな予感が胸をよぎる。

おれが知らないことで、何か決定的なことが克己の過去にあったのだという気がした。

聞いてしまったら、おれの知っている世界がそっくり塗り替えられてしまうような何かが。

聞きたくない。でも、ずっと見て見ぬふりをしているわけにはいかない。

おれが夢中で過ごしていた間に、克己の方では苦痛だったなんて、そんなのは嫌だ。

「あいつが子供の頃、両親は離婚、兄弟を男手ひとつで育てた父親もあいつが中学の頃病気で亡くなって、たった一人の肉親が歳の離れた兄貴だった。俺とあいつは高校の頃からのつき合いで、犬飼は兄貴をとても慕ってた。その兄貴が婚約者として連れてきたのが高《たか》槻《つき》沙耶子だ。当時のことを犬飼は一言も話さないが、伝え聞いたところによれば、あいつは沙耶子とできて、怒り狂った兄貴に切りつけられたんだそうだ」

兄と沙耶子を取り合って、顔を切られた——？

克己は無条件に何でも許すような甘々じゃないけど、弱い者を見過ごせずに拾い上げて守ろうとする。おれの前ではいつだって自分の欲は後回しだ。

おれの中の克己像と、小暮の話の中の克己が結びつかない。

あの克己が、お兄さんから婚約者を奪おうとしたなんて、とても信じられない。

尻ポケットの中で急に携帯が震え出したので、おれは飛び上がるほど驚いた。おれの携帯には、まだ誰からもかかってきたことはなかったからだ。画面には、克己が入れてくれた「いぬかい　かつみ」というひらがなが表示されている。

「……克己だ」

手の中で震える電話を小暮がひょいと取り上げ、勝手に通話ボタンを押した。

「犬飼か？　お前の子猫ちゃんは俺と一緒にいるぜ。……耳元で怒鳴《どな》るんじゃねえよ。なあに、ちょっとデートしたらすぐに帰すって。……ああ？　そんなに心配なら縄でもつけて繋いどけってんだ、クソッタレ」

「おれのだ！　返せ！」

一方的に話すと、おれにかかってきた電話を断りもなく切ってしまう。

「どこまで話したっけ？　そう、沙耶子はその夜犬飼たちの前から姿をくらまし、兄貴はそのあとすぐに車の転落事故で亡くなった。事故として処理されたが、その話を聞いた奴は誰もが自殺だと思った。あれっきり、犬飼は特定の女を作ることはしてねえはずだ」

たった一人の肉親と女を争うことになって、それが元で兄を亡くしたとしたら、克己はどれほど自分を責めただろう。克己の兄がふるった刃は、頬よりもずっと深く心を抉《えぐ》ったに違いない。そしてその女も克己の元には残らなかった。残ったのは、克己の心と顔に刻まれた傷だけだ。

ああ、やっぱり開けちゃいけない扉だった。

ひたひたと無力感が水位を上げてくる。猫だった頃は克己と一心同体で、おれが満たされているのと同じように克己も満足しているものと思い込んでいたけれど、こんなにも深く暗い穴を、おれごときが塞げるはずがなかったんだ。おれが幸福な無知のままいられる季節は終わってしまったのだと思った。

克己にまさかこんな陰惨《いんさん》な過去があるとは思っていなかった。あの優しい人に、そんな過去は似合わないのに。

ブチの穏やかな声が耳元で聞こえたような気がした。

――『克己は寂しい人間なんだよ。肉親は全員死んで、ただ一人の女性を忘れられずにいる。今の克己にはわししかいないが、わしでは埋めきれない心の洞《うろ》があることも、身に染みて知っている』

たった一人、忘れられない女性。それが沙耶子なのか。不幸の源《みなもと》みたいなそんな女を、今でも忘れられないのか。ブチでも埋めきれなかったという心の洞、それは沙耶子の形をしているのかもしれない。

嫌だと思った。克己の心にブチがいるのは構わない。でも、克己の心にブチよりも猫だった頃のおれよりも大切な、人間の女がいるのは嫌だ。

嫌だ、嫌だと心の中で繰り返していると、二の腕をきつく捕まれた。小暮の顔が、ぐっと寄せられる。

「お前は見た目だけは上モノの部類だし、ガキの割に妙な色気がある。物欲しそうにベッドにもぐりこんでこられれば、そっちの気がある男ならたまらねえだろう。けど、お前が沙耶子の息子なら、お前の父親は犬飼かもしれねえ。お前があいつの兄貴の種《たね》でも叔父甥《おじおい》の関係だ。そんな血の濃い相手を抱くわけにいくと思うか」

おれには血縁の濃い相手とつがうことが悪だという認識はなかったから、嫌悪に満ちた小暮の表情を見て、少しばかり驚いてしまった。

おれたち猫だって、他に選択肢があればあえて血の近い相手を選んだりしない。けど、身近にいる異性がそれだけだったら、むしろつがいになるのは当然のことだと思っていた。一匹でも多く自分の子孫を残したい、それがおれたちの本能だからだ。

そうか。人間の世界では、それは忌《い》み嫌われることなんだ。おれにはまだ知らないことが山ほどある。

「それに、お前がたまたま犬飼に拾われるなんて、偶然にしちゃできすぎだ。お前本当に記憶がないのか。それとも、全部忘れたふりで、犬飼の金でも狙ってんのか」

二の腕に食いこむ指がいよいよきつくなる。

「お金のことなんか、考えてない」

「どうだかな。人間は色と欲のためならどんなことでもやる生き物だぜ。同情引きながら色仕掛けで絡め取ろうとするなんざ、可愛い面してたいしたタマだよ、お前は」

ほとんど触れそうな位置で、おれを食い殺しそうな目が睨みつけてくる。

「犬飼だけが、極道の息子だからと周囲に遠巻きにされてた俺に態度を変えなかった。俺が家業を継ぐと決めてからも、ダチでい続けてくれてる。だから、あいつが手玉に取られるのを黙って見ているつもりはねえんだよ。さっさとあの家を出た方がお前のためだぜ。

ずうずうしく居座るような真似をしてみろ、誰を敵に回すことになるかよく考えてみるんだな。分かったか」

犬飼動物病院の前には、白衣姿のままの克己が腕組みをして立っていた。

小暮の車から降りたおれを無言で自分の背後に押しやってから、克己はおれが見たこともないような怖い顔を小暮に向けた。

「こいつに何した」

「別に、ちょーっとその辺流して軽くおしゃべりしてただけだ。な、玖朗？」

「玖朗、本当か？」

おれが頷くと、克己の肩が少し下がる。それを見た小暮が顔を歪めた。

「長いつき合いの俺より、こんな身元も定かじゃねえ奴の方を信じるのかよ？　記憶喪失なんて嘘っぱちで、お前にたかってるだけの相手かもしんねえんだぞ」

「こいつは俺に嘘をつかない。お前が遊び半分で手を出していい奴じゃないんだ。二度と玖朗に構うな。こいつに何かしたら、俺は絶対にお前を許さないぞ」

「……誰が、こんなガキ」

捨て台詞を残して小暮が車で走り去ってから、克己はおもむろにおれに向き直った。

「家に入れ」

酷く怒っていると分かる、平板《へいばん》だが何かを押し殺したような声だ。

おれが家に入ると、ラッキーが嬉しげにとことこと寄ってきた。

『ごめん。すぐ行くから、おれの部屋で待ってろ』

ラッキーは素直におれの部屋の方へと向かっていく。幼いけれど場の空気に敏感な子猫を、気まずい雰囲気で怯えさせたくない。

克己が食卓の椅子を指さしたので、健介からもらった教科書を膝に乗せ、いつも座っている席に座る。自分が何をしたのか分からないままに、罪を犯したような気分だった。

「どうしてお前の電話に小暮が出たんだ。なぜ、あいつの車に乗った」

喉がからからに乾いてくる。克己の過去の話を聞くためだったなんて言えない。聞かれたくないことかもしれないし、おれのことをこそこそした嫌な奴だと思うかもしれない。

でも、こういう時どうすればいいのか知らない。おれにはこういうのは向いてない。

「……車が、かっこいいから……」

何とか絞り出した嘘を検分するように、克己がおれの顔をじっと見つめている。

「車に興味があっただけ？　何か変なことはされなかったか」

おれは克己の顔が見られずに、黙って頷く。目的は車じゃなかったし、性器にも触られた。克己に嘘をついてしまった。これで、こいつは嘘をつかないと言ってくれた克己の言葉まで裏切ったことになる。

「小暮は確かに古い友人だが、あいつは世の中の常識が通じない世界に生きている。あいつが属する世界が俺は嫌いだし、お前にも接してほしくない。ああいう男にお前が惹かれたとしても不思議はないが……」

「惹かれてなんかない」

おれが克己以外の人間に惹かれたりするわけないじゃないか。

驚いて顔を上げると、克己の顔色が良くないことにようやく気がついた。急いで立ち上がって克己の脚元に跪《ひざまず》き、その手に触れてみた。

ぞっとするほど冷えている。長い時間、外にいたのか。白衣のまま、コートもなしに。黙って小暮についていったりしなければよかったと後悔でいっぱいになる。おれのせいで、克己はこんなに寒い思いをした。顔色だってこんなに悪い。小暮の言った通りだ。

「ごめん。克己、ごめんなさい。ごめんなさい」

どうやって温めていいのか分からなくて、手に息を吐きかけ頬を擦りつけると、克己がぐっと俺の頭を自分の方に引き寄せた。克己の腿に預ける形になった頭を、大きなてのひらが繰り返し撫でてくれる。

「もういいよ。ただ、どこか行く時は知らせてくれ。……心配したんだ。帰りが遅いからすごく心配になって、電話をしたら小暮が出た。あいつには何をするか分からないところがあるし、お前に悪いことを教えたり、妙な場所に連れて行ったりするんじゃないかと、気が気じゃなかった」

怒っていたはずの克己の声が、とても優しいものに変わった。心細くて冷え切っていたところを急に温められて、おれの心は簡単にとろとろになってしまう。

「克己が大好き」

世界中の誰よりも。おれの命よりもだ。

克己に聞いてみたいことはたくさんあった。血の繋がりがないと分かったら、ここを出なければいけないのかとか、おれが克己のことを疲れさせているのかとか。

でも、全部が沙耶子のことに繋がる気がして、聞けない。克己の傷に触れたくなかったし、おれ自身も沙耶子のことを話す克己を見たくない。

「克己、おれが好きか？」

「ああ、好きだよ」

これまでのおれなら、天にも昇る心地になってもおかしくなかったが、そうはならなかった。おれの頭の一部が喜びに溺れることを許さない。

「……あれは教科書か」

克己に言われて、立ち上がった時に床の上に落ちていたことに気づく。

「健介にもらった。おれが字を読めるようになりたいって言ったから」

「そうか。いい友達だな。お前は字が読めるようになりたいのか。もっと早く、俺が教えてやればよかったな」

後頭部を撫でてくれる手つきは、猫のクロだった頃背中を撫でてくれたやり方とよく似ていた。ゆっくりと穏やかな、幼い子供に向けるような話し方も。

おれは克己のペットに戻りたかったんだから、これで文句なく希望は満たされたはずだ。なのに、もやもやする。克己がくれた好きは、沙耶子に対する好きとはきっと違う。おれは沙耶子みたいなものにはなれない。

見たこともない女、長い長い年月、克己の心を占めてきた女が妬ましい。彼女ならもっと、克己と直に繋がっているという実感を持っていたんだろうか。

愛の種類を問わないと瑞樹に言ったくせに、もうこんなに贅沢《ぜいたく》を言っている。

そこまで考えて、大事なことに気がついた。

そうだ、おれが聞きたいことに答えられる奴が一人いるじゃないか。


翌日克己が仕事に出かけてから、おれは餌を食べ終えたばかりの瑞樹に近づいた。

瑞樹は相変わらず克己に懐くことはなかったが、棚の上ではなく猫ベッドやえさ場の付近にいることが多くなっていた。唯一意思疎通《そつう》できるおれを話し相手にするためだ。

一方ラッキーのことはずっと眼中にない感じで、そばに寄ってきても知らん顔をしていた。だが、ラッキーの方では、おれを好いていてくれるのとまた違った感じで、瑞樹のことも好きでたまらないようだ。

この家ですっかり健康になったラッキーは、性質も子猫らしい無邪気さを取り戻していた。瑞樹に邪険《じゃけん》にされてもめげずに近くに寄って行って、ぴったりとくっついていく。少し体を離されても、またくっつける。最近では瑞樹の方も根負けして、じゃれついてくるラッキーの好きにさせるようになり、おれは内心いい傾向だと喜んでいた。

今も、まだ成猫と言うには小ぶりな黒猫と、さらにちんまりとしたキジトラ猫が、二匹体をくっつけて、サンルームの床に座っている。

『みじゅき。あったかいね』

ラッキーが話しかけるが、猫語が分からない瑞樹は当然答えない。

——瑞樹。ラッキーがあったかいって言ってるぞ。猫語で『あったかい』だ。

おれは、かなり怪しげな発音ではあるが猫語を教えてやった。

《……ああ》

——ラッキーに返事をしてやれ。そうだな、でいいなら、猫語では『そうだな』。

『……そう、だな？』

おれの耳とおれの舌だけあって、半信半疑で瑞樹が初めて口にした猫語は、人間の舌で発音したおれの猫語よりずっとそれらしい。

『みじゅきがしゃべった！　しょうだなっていった！』

ラッキーは大興奮で、じっとしていられない風だ。

『よかったな、ラッキー』

瑞樹がいつか人間に戻るのか猫のままになるのか、今のところは分からないが、猫語が話せれば、少なくともおれがいない時にラッキーとは話ができる。瑞樹は放っておくと陰鬱な気分に閉ざされがちだから、話し相手が増えるならそれに越したことはない。

これから少しずつでも、瑞樹に猫語を教えてやろうと心に決める。

——瑞樹。お前に話があるんだ。

おれが話しかけると、瑞樹は顔を上げて、金色の瞳をおれに向けた。だいぶ慣れたとはいえ、自分の姿をしたものに向き合うのはちょっと奇妙な気分だ。

そう、瑞樹に聞きたいと思っていたことがあったんだ。

——瑞樹、お前は高槻沙耶子の子供なのか？

《なんでその名前を知ってるの？　オレ、そのひとのこと探してたんだよ。オレの友達の母親なんだ》

——友達の、母親？　お前のじゃないのか。

《うん。前に、脱走しようとして殺された奴の話をしたろ。高槻倖生《ゆきお》。それがそいつの名前。そいつの母親の沙耶子って人が重い病気で、手術代を工面するためにウリの仕事に入ったらしいんだけど》

そこまで話して、瑞樹の心の声が急に乱れた。

《……友達だったんだ。ボーイの入れ替わりは頻繁で、いなくなる奴を気にしたこともなかったけど、あいつはオレにはたった一人の友達で……なのにオレ、あいつが息をしなくなって冷たくなってくのを、見てることしかできなかった》

首が折れそうなほど深く俯いた姿から、深い後悔《こうかい》が伝わってくる。

誰も愛したことがないなんて嘘じゃないか。瑞樹は、その倖生って友達が大好きだったんだ。だから、助けられなかった自分が悔しくて、もう会えないことが悲しくて、そんなにも心を痛めているんだろう。

瑞樹を心配するように、みぃと鳴いて、ラッキーが背伸びして顔や口元を舐めようとする。普段だったらうるさがる行為を、今の瑞樹は振り払わなかった。

《あいつ、死ぬ前に、母さんのオムライスがもう一遍《いっぺん》食べたいなぁって言ってた。オレ、あいつに頼まれたんだ。母親にペンダントを渡して、戻れなくてごめんって伝えてほしいって。母親がいる病院も教えてもらった。オレは猫になっちゃったから、病院には入れな

いだろ。なあ玖朗、オレの代わりに沙耶子ってひとに会ってきてくれないか》
高槻沙耶子。克己の愛した女。
克己に知らせたら、すぐにでも沙耶子を探し出してくれるだろう。おれが沙耶子の子供じゃないことも克己に分かってもらえるし、瑞樹の友達の望みも叶えてやれる。克己も、沙耶子に再会できる。
でも、その後はどうなる？
ずっと求めていた沙耶子に会えたら、克己はおれの欲しかった愛情を、そっくり沙耶子にやってしまうんじゃないだろうか。
——それは……嫌だ。克己と沙耶子を会わせたくない。
《どうして？》
——……。
《それなら、あの人に知らせないで玖朗が行ってくれれば問題ないだろ。頼むよ。どうしても、倖生の最期の頼みを叶えてやりたいんだ》
これだけ瑞樹が頼んでいるんだから願いを聞いてやりたいし、沙耶子という人も見てみたい。ただ、今のおれは人間の交通手段の使い方も分からないから、目的地にちゃんとたどり着けるかおぼつかない。それに、ペンダントは克己が持っていて、理由も言わずに返してくれとは言いにくい。

――分かった。少し時間をくれ。ペンダントを手に入れて、自分だけで沙耶子の元を訪ねる行き方を考えてみる。

おれがそう答えると、瑞樹は少しだけほっとした様子を見せた。

《ねえ、どうして犬飼さんと沙耶子ってひとを会わせたくないの？》

――克己が沙耶子のところに行ってしまいそうで怖いから。

それからおれは、瑞樹に小暮から聞いた話をした。それ以来、克己と沙耶子とのことを考えると、ずっとひりひりするような気分が消えないことも。

《へえ……。犬飼さん、倖生のお母さんと恋人だったんだ。世間は狭いんだな。アンタ、彼女に妬《や》いてるんだね。元は猫なのに人間の男を好きになるなんておかしいよね。玖朗は犬飼さんの恋人になりたいの？　オレの体に入ってると心も人間化してくるのかな》

おれは克己の恋人になりたいのかな？

猫だった頃の恋と言えば求愛の季節限定で、季節が過ぎれば憑《つ》き物が落ちたように熱も冷める、あっけらかんとしたものだった。おれの求めているものは、そういうものじゃないと思う。

――人間の恋人同士って何するんだ。

《人間でも猫でも変わらないいんじゃない。セックスでしょ。まあ、オレの場合は金と引き換えの体の関係しか知らないいし、ちゃんと恋愛とかってしたことないから、よく分かって

ないかもしれないけど。玖朗はあの人としてみたいと思わないの？》
克己と、おれが。
映画で見たセックスシーン。おれは克己とああいうことをしたいんだろうか？
裸で絡み合っていた男女の、女をおれに、男を克己に置き換えた図を頭に浮かべてみると、急速に顔に血が上って頬が火照《ほて》ってきた。
うわ。何だこれ。動悸がやばい。
艶めかしすぎる映像を追い払いたいのに、艶やかな背中や尻を波打たせておれを組み敷いている克己を想像することをやめられない。
《うわあ、顔、真っ赤。ガチだねそれ》
——顔が熱くなったりドキドキしたりする。どうしてだろう。
《想像だけで恥ずかしいんだ。見た目はオレなのに、てんでうぶなんだ。おっかしいの》
これが恥ずかしがるってことなのか。人間の体は、感情の動きに合わせていろんな風になるから、時折ひどく驚かされる。
——猫だったほうが簡単でよかった。
《そうかもだけど、猫だと人間の恋人にはなれないよ？》
それを聞いてふと思った。ずっと猫のクロに戻りさえすれば元の通り完璧《かんぺき》な幸福を取り戻せるのだと信じていたけど、おれは猫に戻ったら、本当に前と同じ幸福を感じられるんだろうか。どんなに頑張ってもペットには埋めきれない隙間が克己の中に存在することを知ってしまった今でも？

猫に戻ったら、こんなに複雑で手におえない感情も消えて、物事は元通りずっとシンプルに分かりやすくなるのかもしれないけど。

そう言えば、小暮が言っていたことを瑞樹に確かめたいと思っていたんだ。

——男同士のセックスにお尻を使うというのは本当か？

《うん。アナルファックなしで口や手だけですするのが好きって人も多いけど、オレの客はアナルしたがる人がほとんどだったな》

——あなる、ふぁっく……？

《ケツにチンコ挿れてもらうんだよ》

小暮の言ってたことは本当だったのか。生殖《せいしょく》とは無縁《むえん》のそんな場所を使ってまで快感を得ようとするなんて、人間とはなんと業《ごう》が深い生き物だろうか。

《あ、でも下準備はいるよ？　エネマ使えば完璧だけど、シャワーで中洗って、ローションもたっぷり使って、相手がやってくれそうもない時には自分でちゃんと解《ほぐ》して》

何でもないことのように言われるが、自分にはできそうもないことを立て続けに言われて、めまいがしてきた。

《ねえ。もし玖朗がしたいなら、オレの体、使っていいよ》

――？

《あの人と、その体使ってセックスしても構わないよって言ってんの。ケツなら慣れてるし、今更その体に帰る気もないし。って、散々使い古しの体で何だけど》

お尻を使ったそういうことはちょっと怖い気がするけど、克己がしたいなら他の人じゃなくておれでしてほしい。それに、克己がおれで気持ち良くなってくれたら、きっと嬉しいだろうと思う。

克己の体だけでも満たせたら、おれは克己にとって、今より価値のあるものになれるのだろうか。

その日の夕食の時、瑞樹から聞いた「佐藤瑞樹」という名前と、前は施設にいたことを告げると、克己はひどく驚いた様子を見せた。

「お前、記憶が戻ったのか！」

「おれは、記憶はずっとなくなってない。おれはクロで、中身が瑞樹と入れ替わったから、この体が佐藤瑞樹のもので、今瑞樹はおれの体に入ってるんだ」

「……ちょっと待て。どこまでが事実で、どこからがお前の想像なんだ。佐藤瑞樹って名前はどこから出てきた」

「全部事実だ。名前はあいつから聞いたんだ」

黒猫を指さしたおれを、克己が胡乱《うろん》な目で見やった。

「クロから聞いたって言いたいのか？　そんなおとぎ話みたいなことを、本気で言ってるのか？　……まあ、いい。その名前の失踪者がいないか、念のために警察に問い合わせてみよう。これからは瑞樹と呼んだ方がいいか？」

「だめだ！」

だって瑞樹はおれじゃないし、クロと呼ばれるのが無理なら、克己がつけてくれた玖朗のままでいたい。

「玖朗がいい。玖朗のままでいい」

「そうか。じゃ、はっきりするまで今のままにしとくか。他に思い出したことはないか」

克己は、おれがクロだということを絶対に認めようとしない。おれの妄想《もうそう》だと信じ込んでる。もう慣れっこになってしまったので、たいして落胆《らくたん》もしない。

今日克己にこれを伝えたのは、他に言いたいことがあるからだ。

「克己、おれは高槻沙耶子の子供じゃない。だから、克己の子供でも、甥でもない。……だから……」

恋人にだってなれる。

そう言うつもりでこの話を切り出したのに、いざとなると恥ずかしさと気おくれで、口ごもってしまった。

恥ずかしい、という感情はなかなかやっかいだ。人間の体に入りたての頃にはこんな感情はなかったから、もっとのびのびとふるまえていたが、今では克己にどう思われるかが気になってまごつくばかりだ。

ところが克己は、おれの意図とは全然違うところに反応した。

「俺の子じゃないってどういう意味だ？　……ああ、小暮か。あのばか。何をどう聞いたか知らないが、おれとあの人はそういうんじゃないんだ」

克己の目に、じゃあどういうのだと聞き返したくなるような、悲しげな色が浮かぶのを見てしまった。克己は沙耶子を全然忘れていない。

「克己、沙耶子に会いたいか？」

「会いたいというより、消息を知りたい。あの人には幸せになっていてほしいと心から思ってるよ。あの人は俺たち兄弟に関わらなければよかったんだと、ずっと思ってきた。幸せなのを確かめることができたら、一つ重荷が下りたような気がするだろうな」

克己の心の中で彼女の存在がそんなにも大きいなんて、改めて聞きたくはなかった。

懐かしむと言うより、悔恨《かいこん》を含んだ苦いもののにじむ声で、彼女の幸せを願ってなんかほしくなかった。

「お前がおれの血縁かどうかは、じきに検査結果が来れば証明されるだろう。名前を思い出したのはすごいぞ。お前の身元も、早く分かるといいな」

そうやって褒めてくれたけど、克己がその後何かを考え込むようにしてしまったので、とてもじゃないけど「恋人にしてくれたらいい」なんて言い出せる雰囲気ではなくなってしまった。

克己、誰のことを考えてるんだ？　やっぱり沙耶子のことなのか？

おれじゃ、だめなのか。

克己の愛した女が今、訪ねて行けば会える場所に実在しているのだという事実が、おれを焦らせる。彼女の存在が、いつか克己を全部おれから取り上げてしまうんじゃないかと不安でたまらない。

今のおれはペットとしても不完全な存在だけど、たとえクロの体に戻れたとしても、ペットでは克己の心の隙間を埋められない。それが分かったからと言って、もっと克己に近づきたくても、どうすればいいのか分からなかった。

第八章

克己に瑞樹の名前を伝えてから数日が過ぎた。

その日もいつものようにスケボーに興じていると、健介がおれを手招きして、耳打ちしてきた。

「さっきから、やばそうなのがこっち見てんだよ。今日はもう切り上げた方がよくね?」

公園の外れに黒い車が停まっていて、その車に寄りかかって煙草を吸っている小暮のスーツ姿がある。

おれは少し苛立ちを覚えながら、小暮の方に歩いて行った。

「おい、玖朗!」

健介の慌《あわ》てた声が背中でしたけれど、ここはスケボー仲間たちが平和に遊んでいる大事《だいじ》な場所だ。荒らされるのは許せない。

「おれに用か」

顔が映りそうなぐらい光る革靴《かわぐつ》で煙草をもみ消すと、小暮はにっと狼めいた顔で笑った。

「滑ってるのをちょっと見てたが、なかなか上手いもんだな、子猫ちゃん」

「ここには来てほしくない。友達も怖がってる。おれに構うな」

「そんな口きいていいのか？　俺はお前の以前の稼業《かぎょう》を知ってんだぜ」

妙に自信に満ちた、意味ありげな口調にひっかかりを覚えた。

「夜の街や裏通りでお前の写真を配下《はいか》に持って回らせたら、お前を何度もホテル街で見かけたという奴がいたんだ。ウリ、やってたらしいな。うちのシマで勝手な真似をしてくれるじゃねえか。犬飼は潔癖《けっぺき》なところがあるから、自分が猫っ可愛がりしてるガキが男娼《だんしょう》だったと知ったら、騙された気分になんだろうなぁ」

瑞樹が体を売る仕事をしていたことは、本人から聞いて知っている。だが、その事実が克己を苦しめるものだという認識はなかった。

「克己を悲しませるのは嫌だ。克己には言うな」

「そいつはお前次第だな。俺も犬飼をがっかりさせたくはねえし、お前がおとなしくついてくりゃ、悪いようにはしねえさ」

本当だろうか。克己は小暮に関わるなと言った。けど、克己に嫌われるようなことを知られたくない。

おれがついてくるのを疑ってもいないようなしたり顔で、車のドアを開ける小暮を憎たらしいと思ったが、おれは黙って車に乗り込んだ。

車が走り出してすぐに、携帯が鳴った。めったに鳴らない携帯が、小暮と一緒にいる時ばかり鳴る。克己だったら、また小暮と一緒なのを知ったら怒るだろう。どうしようとドキドキしたが、かけてきたのは健介だった。

『玖朗！　お前、大丈夫か？　車に乗って行ったから、俺心配で』

「大丈夫だ。この人は知ってる人だ」

『ならいいけど……。お前スケボー置いてったけど、どうする？』

「次まで預かってくれたら助かる」

『分かった。本当にその人、信じていいんだな？　危ないことはないな？』

電話を切る間際《まぎわ》まで不安そうにしていた健介と同じように、本当はおれも不安でたまらなかった。けど、今は他に選択肢《せんたくし》がない。沙耶子にあれほど心を残している男に、今より少しでも嫌われる可能性があるなら消しておきたかった。

小暮に連れて行かれたのは、高層マンションの一室だった。

「このフロアは全部俺のもんで、いくつかの部屋に若いもんを住まわせてる」

そう小暮が説明した通り、エレベーター前や非常階段の付近にも怖げな風体《ふうてい》の男が数名たむろしていて異様な雰囲気だ。

だだっ広い部屋の中も、作り物みたいに整っていて、生活感がなかった。住まいの価値には関心がないおれの目にも、高価そうに見える調度品の数々。だが、おれには古くてガタがきている克己の家の方が、何千倍も素敵に思える。

「マリアンは？」

「トリミング中だ」

ゆうに十人はかけられそうなソファに腰を下ろすと、小暮が大きな塊の氷を砕《くだ》いてグラスに入れ、洋酒らしきものを注いで掲げた。

「飲むか？」

「いらない」

「じゃ、こっちだけやらせてもらうぜ」

ソファは広いのに、小暮は隣に座ってきた。

小暮がグラスを傾けると、からん、とグラスの中で氷が高い音を立てる。小暮の手の中のグラスも氷の入った容器も、何もかもが冷たい光を放っていて落ち着かない。

「それにしても、とてもじゃねえがウリやってたようにゃ見えねえな。まあ、こんな顔して男を知ってんだと思えば逆にエロいか」

前触れもなく、小暮がおれの尻に無遠慮《ぶえんりょ》に触れてきたのでぎょっとして、その手を払う。

「触るなっ」

「男娼上がりが、もったいぶってんじゃねえよ」

「小暮には、触られたくない。なんでおれに構う」

「お前みてえな得体《えたい》の知れねえ人間が、いつまでも犬飼んちに居座ってんのが気にいらねえからさ。たとえ肉親だろうと、今まで存在さえ知らなかったような奴の面倒を見る義理があるか？　お前を置いて、あいつに何のメリットがある？」

おれを置くメリット？

そんなこと、考えたこともなかった。おれは克己のところにいるのが当たり前だと思っていたが、人間になってしまった以上、何かで克己の役に立たなければ、あの家にいてはいけないのだろうか？

克己の周りにいるおれ以外の人間は、確かに何かで克己の役に立っている。中西は克己の仕事を手伝っているし、小暮にしても病院の得意客だ。

おれには何もない。小暮が言うとおり、克己にはおれを置いていても何の得もない。

セックスができたらいいんだろうか。それをしたら、克己はおれを役に立つものとしてここに置いてくれるのだろうか。

「おれは克己の肉親じゃない」

「そりゃ初耳《はつみみ》だ。なら、お前があの家にいる必然性《ひつぜんせい》は全くなくなったってことだよな」

「セックスしたら、克己はおれをもっと好きになるか？」

「まあ、あっちの相性がいい相手には情が移ることもあるだろうが」

「おれは、克己の要るものになりたい。克己にだったら何をされてもいい。けど、克己はおれとしたがらないと思う。おれには、み……魅力が、ないから」

　顔を舐めるのも嫌がる克己が、おれとそれをしたがるような気がしなくて、おれは悲しい気持ちで下唇を噛んでソファの上で膝を抱えた。

「ずいぶんうぶなような口をきくが、お前プロだったんだろ。男を勃《た》たせてまたがる商売をしてたんじゃねえのか」

「そんなの、知らない」

「本当に全部忘れてるのか？　記憶喪失ってのは、嘘でもねえってわけか。……気持ちの上では処女か。ふうん、そいつはそれで面白えな。なら、俺と練習してみるか？」

　小暮の声のトーンが変わったので、俺は視線をすくい上げられた。妙に粘っこい目で、小暮がおれの全身を眺めている。

「練習？」

「ケツっていうのは最初っからいいもんじゃないらしいぜ。いきなりじゃ入らないかもしれねえし、相手が不感症じゃ突っ込む方も興《きょう》ざめだ。抱かれ慣れてくりゃ色気も出てくるし、犬飼だってその気にさせられるかもしれねえだろ」

　本当だろうか？　練習すれば、克己はおれに魅力を感じてくれるようになるんだろうか？

「別に俺はどっちでもいい、お前次第だ。練習するのかしねえのか」

本音では、小暮に触られることを想像するだけでぞっとする。小暮だけじゃなくて、克己以外の誰にも触られたくない。

けど、確かに今のままじゃおれは克己にとって役立たずだ。今のままだと克己はいつか、おれに愛想《あいそ》を尽かして、おれをいらないと言うかもしれない。

言葉や文字や箸を練習したことと同じだ、とおれは思おうとする。ただの、練習。箸が使えるようになったら回るお寿司の店に連れて行ってもらえたのと同じように、いっぱい練習をして上手になったら、克己はおれとセックスしたがるかもしれない。そうしたら、おれのことを今よりずっと好きになるに違いない。

激しく迷った後で、おれはとうとうこう答えた。

「……練習、する」

寝室もベッドも、寝る用途には無駄に思えるほどやけに広かった。

「脱ぎな」

おれは怖気づく心を励まして、着ているものを全部脱いだ。ねっとりとした視線がおれの全身を舐めていく。

「へえ。正直、お前相手に勃つかよと思ってたが、これなら悪くもなさそうだぜ。妙にそそる体と肌をしてやがる」

上着だけを脱いだ小暮が、おれを広いベッドの上に突き飛ばした。本能的な警戒心で体がすくんだが、小暮は構わずにおれの体に触れてくる。

肌の上を這いまわるてのひらが気持ち悪くて、何をされるのかよく分からないことが怖くて、歯がガチガチと鳴ってしまう。裸の胸の先をぎゅっとつままれたり、力なくうなだれた性器を乱暴に扱かれても、痛みと嫌悪しか感じない。

「震えるばっかで、こんなんで商売になってたのかよ。脚を開きな。目ぇ閉じて、犬飼にされてると思ってろよ」

何かぬるっとしたものが尻の狭間《はざま》に垂らされ、その冷たさにおれは一層すくみ上がった。冷たいもので濡らされた場所に小暮の指が割りこんできて、小さく窄《すぼ》んだ場所に触れた。

体をひきつらせたおれに構わず、ぬめるものを押し込むような動きで、ぬく、と内部に食いこんでくる。

「あ、……やっ」

直に粘膜《ねんまく》に触れられる感覚の鋭さに、俺は怯えた。痛いし、気持ち悪い。

でも、我慢しないと。これをしないと、克己に欲しがってもらえないんだ。

内側を探る指に耐えているると、ある場所を押された途端に、電流が走った。

「あっ……？」

「ふうん。ここ、イイらしいな」

「あ、あうっ、やぁっ、……」

恐怖と嫌悪感で何度も背筋に悪寒《おかん》が走る。なのに、弄られている場所から腹の奥に鋭い快感が走って、内側から無理やりに掻《か》き立てられたおれの性器ばかりが熱くなる。

「やっぱ体は慣れてんな。ちんこ触っても勃たねえのに、中弄ってるだけで、もうビンビンじゃねえか。何にも知らねえようなふりをして、たいした淫乱《いんらん》だよ」

嫌なのに気持ちいいという状況に、心がついて行かない。おれは目をぎゅっと閉じて、快感だけに意識を集中する。これを克己がしているんだと自分に言い聞かせる。

「指に絡みついてくる。これはかなり具合よさそうだぜ」

この指は克己のだ。克己の……。

「ひくひくしてるぜ？　指じゃ物足りねえんだろ。でかいの、ぶちこんでやるよ」

その時、おれの脱ぎ捨てたコートのポケットで、携帯が鳴った。

――克己。

いや、健介だろうか。でも、克己のような気がする。確信に近い予感で、そう思う。

目を開けると、ぎょっとするほど近い位置に小暮の顔があって、ぎらつく双眸と視線が合った途端に全身の血が引いた。

——気持ち悪い。

気がついたら、おれは小暮を全力で突き飛ばしていた。

「何しやがる！」

「克己。克己の電話に出なきゃ」

何をどうしたって、小暮を克己だと思えるはずがない。ほんの少し冷静になってみれば、小暮に触られていたと思うだけで鳥肌《とりはだ》が立った。練習のために嫌いな奴に身を任せることなんかできるもんか。おれは何てばかだったんだろう。

「練習は止める。克己のところに帰る」

「ふざけんなよ。ここまでさせといて、今更だろ。今止めようが、お前が俺の前で自分から足開いたって事実は消えねえんだからよ」

その言葉に、強く殴られたような気持ちがした。

もしかしておれはとんでもない過ちを犯してしまったんだろうか。小暮と練習しようとしたことは、克己に顔向けできないような、取り返しがつかないことだったのだろうか。

「散々ザーメン浴びてきた汚え体を、この俺が買ってやろうってんだ。せいぜいサービスしろよ。俺を満足させりゃあ金は相場よりはずんでやるぜ」

暴力に慣れた人間の放つ残忍な気配が小暮から立ち上っている。ただし、今小暮が振るおうとしているのは、体にではなく心への暴力だ。小暮はおれを貶《おとし》めたくて、ここに連れ込んだのだ。

克己に対しては友達思いの小暮を、今の今までどうとらえていいのか迷っていたが、おれの中でこの瞬間、小暮ははっきりと敵になる。

おとなしくなったおれを見て観念したと思ったのか、小暮はにやりと笑ってベルトに手をかけた。

おれはその隙を逃さなかった。隣室へと走り、氷の容器へと飛びつくと、氷を割るのに使った鋭利《えいり》な道具をつかむ。

小暮がゆらり、とリビングに入ってきて、まるで尖《とが》った先端が目に入らないかのようにずんずん近づいてくる。

「おれに触ったら、刺す」

小暮には力では到底敵《かな》わないだろう。手が届く距離に入ったら、こっちがやられる。

生き物の急所なら、猫も人間も変わらないだろう。おれは、目と首筋と、どちらを狙うのがいいのか、すばやく視線を走らせる。

「俺を怒らせて、こっから無事に帰れるとでも思ってんのか。ぶっ壊れるまで外の連中にお前を輪姦させてやろうか、ああ?」

この男なら、言った通りのことをやるだろう。通り過ぎてきた部屋にたむろしていた、屈強《くっきょう》そうな男たちを思い浮かべた。小暮が合図すれば、おれなんかひとたまりもないだろう。生きて戻れないかもしれない。

恐怖より怒りが大きくなると、急に頭がクリアになった。無知と愚かさのつけを払うのなら、それを利用したこいつも無傷《むきず》ではおかない。やられる前に、こいつだけはやる。

おれは、小暮の目に狙いを定めた。目をそれても、こめかみや耳の中に入れば致命傷《ちめいしょう》になる。

ふと、小暮が緊迫《きんぱく》した場にそぐわない不思議そうな顔をした。

「お前、俺が怖くねえのか？」

「もちろん怖い。でも、おれはこれまで人間の都合でいろいろな目にあって来た。もう、そういうのは嫌だ」

克己に顔向けできないことになるぐらいなら、戦って死ぬ方がよっぽどいい。いや、死ぬことなんか想像してどうする。おれは最後の瞬間まで、生き延びることを信じて戦うだけだ。

小暮は珍しいものを見る目でおれを見た。

「変な奴だな、お前は。こっちを狙う動きに迷いがねえし、そんな細え体でいて肝《きも》の据《す》わり方が半端《はんぱ》じゃねえ。お前みてえのは、いい構成員になるんだがな。お前、俺のところで働かねえか？」

小暮の中から殺気が綺麗に抜けたのを感じて、おれも全身の緊張を少し弛めた。

「おれは克己の猫だ。小暮のところには行かない」

「そう言うだろうと思ったぜ」

おれの携帯とは違う音が響く。小暮が電話に出たので、ひとまず危機は回避されたのだと思い、おれは今度こそ全身の力を抜いた。

いつでも逃げられるように、小暮が電話している隙に急いでコートだけを身に着け、唯一の支えである氷を砕く道具をもう一度握り直す。

「……ああ？　そいつはダチだ。分かってる。大丈夫だから、そのままここに連れてこい」

しばらくして、部屋のインターホンが鳴ると同時に、ドアが強く叩かれた。

「小暮！　玖朗を出せ！」

厚いスチール製のドア越しに、克己の声が聞こえてくる。

「克己！」

おれは扉へ駆け寄り、ドアの錠《じょう》を開けた。一番会いたかった人の姿が目の前にある。おれは克己に飛びついた。

克己、克己。

「下がれ」

克己の両側を固めていた人相の悪い男たちに小暮が命じ、再び扉が閉まると、部屋には克己とおれと小暮の三人だけになる。

「……どうして、玖朗をここにつれてきた」

克己が激しい怒りを抑え込んでいることが伝わってくる。

「別にさらってきたわけじゃねえぜ？　来るか来ないか、決めたのは玖朗だ」

「この子に何をしたんだ」

「お前も気が利かねえなあ。来るのがちっと早すぎだ。お前があんまりこいつに入れこんでるから、そんなに味がいいのか一つ確かめてやろうと思ったが、ほんの味見だけで終わっちまったじゃねえか。なあ、玖朗」

「貴様《きさま》！」

克己は小暮に飛びかかって馬乗りになると、顎をしたたかに殴りつけた。そのまま小暮の喉に両手をかけ、締め上げる。小暮の喉からぐうっと妙な音がして顔の色が真っ赤になり、目玉がこぼれ落ちそうに飛び出していく。

おれは怖くなった。いつもは優しい克己が別人のように猛《たけ》り狂っていて、昔一度だけ見たことのある野犬の恐ろしい目つきそっくりになっていたから。

「克己、克己」

こんな克己は知らない。別の人みたいだ。克己に背中からすがりついたが、克己は締める手を弛めない。

「やめて、克己！」

全身の力をこめて腕にしがみつくと、やがて、克己は固く強張った顔のまま手を離し、ゆっくりと小暮の体の上から下りた。

小暮は床に手をついて激しく咳《せ》き込んでいる。

「……馬鹿野郎。……本気で締めやがって」

中の物音に気がついたのか、ドアが外側からノックされた。

「うるせえっ！　てめぇらの出る幕じゃねえ。すっこんでろ！」

割れた声で小暮が放った怒号《どごう》に全身がすくむ。

「犬飼。ここに子猫ちゃんもいるってのを忘れんなよ。ことを起こした後で、この子がどうなるか考えな」

克己は小暮を見下ろすと、苦い声で吐き捨てた。

「堅気《かたぎ》じゃなくなった今でも、お前だけは芯《しん》まで腐《くさ》っちゃいないと信じていたのに。……二度とうちの病院の周囲をうろつくな。こいつに手を出したら、次は本当に殺す」

克己に背中を抱かれて部屋を出ると、小暮の配下の男たちの視線が全身に突き刺さってきた。マンションの入り口を抜けて、克己の車に乗り込んだとき、体中の力が抜けた。

「玖朗。危ないからアイスピックをこっちに寄越《よこ》せ」

そう言われて初めて俺は、小暮の部屋から持ってきてしまったそれを握りしめたままであったことと、自分が全身に冷たい汗をかいていたことに気づいた。


車中ではお互いにずっと無言だった。沈黙の重さに押しつぶされそうで、やっと家に着いた頃には、おれはへとへとになっていた。

「座れ」

食卓の椅子に腰かけたおれの向かいに座った克己は、頭を抱えて深いため息をつき、再び黙り込んでしまう。何も言ってくれない状況がしんどくて、もうどんな酷い言葉でもいいから何か言ってくれという心境になった頃、克己が重い口調で話を切り出した。

「……お前の友達の健介くんが、スケボーを届けてくれたんだ。そして、やくざ風の男とお前が車に乗っていったが、本当に大丈夫なのかと知らせてくれた。そうじゃなければ、俺は診療時間が終わるまで、お前の不在に気づかなかった。電話には出ないし、もしお前に何かあったらと、俺は……」

克己は自分の髪の中に指を入れ、苦しそうに顔を歪めた。

「何で小暮のところに行った。あいつに関わるなと言ったはずだ」

小暮に脅されたことを言えば、瑞樹が体を売っていた事実を言わなければならなくなる。克己にこれ以上嫌われるかもしれないことを知られたくないから、おれは葛藤《かっとう》の中で沈黙していることしかできなくなる。

「何をされた」

応えるのを躊躇《ちゅうちょ》していると、「玖朗」と促される。

「触られて……」

「どこを、どんな風に」

「ここと、ここ、と……」

胸の先、性器と、指し示す箇所《かしょ》が増えるにつれて、克己の顔つきがいよいよ険《けわ》しくなる。

さっきまでとはまた別の恐怖で、体が震えだした。

「それから？」

「……お、お尻の穴に、指、入れ……」

「くそっ！　あいつ……！」

普段は穏やかで優しい克己から、殺気に近い暴力的なものが放たれていて、自分のしたことがそれだけ取り返しのつかないことに思えてくる。

おれはふいに、全てのことに耐えられなくなり、椅子から立ち上がった。

食卓の椅子が倒れる音と、克己が「玖朗？」と呼びかける声が重なるが、おれは一刻の猶予もないような気分に責められて、浴室に向かって走った。

早く、早く洗わないと。

コートを廊下に脱ぎ捨てながら走り、浴室に飛び込んだ。

勢いよくシャワーのつまみをひねると、痺れるほど冷たい水が降ってくる。裸の胸に、尻や性器に、石鹸《せっけん》を擦りつけた。

綺麗にしないと。小暮が触ったとこ、全部綺麗にしないと。

急に自分の体が厭《いと》わしく思えて、いっそ皮膚を剥いでしまえとばかりに、タオルで力を入れて擦る。

「玖朗。大丈夫か」

扉のすぐ外から、克己の声がした。

「まだ！　待って！」

小暮の指を受けた場所に自分の指を入れ、シャワーを近づけた。中で指を乱暴に動かすと、怯えきった窄みが痛みを訴えてくるが、そんなことはどうでもよかった。

もっと綺麗に、全部なかったことになるぐらい綺麗になるまで洗わないと、克己の顔が見られない。

「お前、何をやってるんだ？」

外側から扉が開けられる気配に、「だめ！」と叫んだが、おれの制止に構わず克己が入ってくる。

克己の前で裸になったことは何度もあるのに、今の体を見られるのが怖い。ちょっとでもその顔に嫌悪や軽蔑《けいべつ》を見つけてしまったら、おれはきっと粉々《こなごな》に砕けてしまうだろう。

「見な、で……見ない……」

がくがくと震えがきて、膝に力が入らなくなって、おれは水の流れるタイルの床にしゃがみ込んでしまう。

「何やってる！　こんな冷たい水浴びて、今は二月だぞ！」

シャワーが止められ、頭の上からバスタオルをかけられて立たされる。今おれを怒鳴ったばかりの人が、いつもより乱暴な手つきでおれの頭を拭いていく。

「……おれ、まだ、汚いか？　いっぱい洗った。中まで洗った。……まだ汚いなら、もっと洗う。一晩中でも洗う」

ただでさえ滑らかとは言えないおれの言葉は、途中で幾度もぽきぽきと折れた、無残《むざん》なものになる。

「ばか！　肺炎《はいえん》になるぞ！」

石鹸をつけて水もいっぱいかけたけど、まだ自分をすごく汚く感じる。洗っても落ちない汚れがあるなんて、知らなかった。

克己にもっと好かれたかった。ただそれだけだったのに。

「……こんなに冷え切って。擦り過ぎて皮膚が真っ赤になってるじゃないか。俺がお前を汚いなんて思うはずがない。過去も、これからも、たとえ誰に何をされたとしても、絶対そんな風に思わない」

自分の部屋に連れて行かれ、パジャマを着せられてベッドに入る。克己が部屋のエアコンを入れて、おれの体をしっかりと毛布と布団でくるんでから、ベッドに腰かけた。

「もう怒らないから、正直に答えてくれ。お前、小暮が好きなのか。何をされるか分かった上で、あそこに行ったのか」

「そんなはずない」と答えようとして初めて、おれは自分の歯が細かく鳴っているのを知った。

おれはいつだって克己だけ。そう言ったし、そう態度でも示してきたはずなのに、そんな風に思うなんてひどい。

「こ、これは、練習だって、言ったんだ」

「練習？」

「練習すれば、克己に抱いてもらえるようになるって」

「……俺に抱かれるための練習？　小暮にそう言われたのか」

妙にゆっくりと克己が言った。

「お前、俺に抱かれたいのか？」

おれは、克己の顔がまともに見られずに、小さく頷いた。

「克己が、好きだから」

「それなら、他の奴に触らせたりするな！」

おれにはこれまで一度も向けられたことのない、激しい口調だった。

「あんな奴でも、小暮は友達なんだ。その小暮を、俺はさっき本気で殺してやりたいと思ってしまった。お前に何かあったら、俺は自分でも何をするか分からない。俺の体にはあの兄と同じ血が流れているんだから」

克己は視線で火がつきそうな目をしていた。肩をつかんだ指が肌に食いこんで痛い。

「お前は記憶をなくしていて、おまけにもしかしたら俺の甥かもしれない。これほど手を出すべきじゃないことがはっきりしてる相手もないだろう。……それでももう俺は、同じ場所で踏みとどまり続けられそうもない。このことでひとでなしと誹《そし》られるなら、俺はもう、ひとでなくてもいい」

目が、肩に食い込む指が、切羽詰まって激しい口調が、全部おれを欲しいと言っている。熱い声を聞き、獰猛なまなざしに会って、目眩がしそうだった。

克己が乗り上がってきて、ベッドが二人分の体重でたわむ。布団越しとはいえ、克己に押さえこまれ、こんな風に下半身が密着した姿勢で体重をかけられたことは初めてで、冷えていたはずの全身がかあっと火照った。

抱いてくれるのか。おれを、克己のものにしてくれるのか。

先程克己が見せた怒りの凄《すさ》まじさから、いかにおれを大事に思ってくれているかが伝わってきた。克己も少しはおれのことを、たとえばかつて沙耶子に抱いたのと同じような色合いで、好いてくれていると思っていいのだろうか。

「まだ寒いか？」

かぶりを振ると、克己は布団をめくり、おれのパジャマの裾をまくりあげた。

どきどきして、心臓が口から飛び出しそうだ。

この体は、克己にはどう見えてるんだろう。一緒にお風呂にも入ったし、さっきも体を拭いてもらったのに、ベッドの上で腹と胸を剥き出しにしているだけのこの恰好が、たまらなく恥ずかしい。

目をつぶっていたせいで、胸の先にぬるりとした感触が走るまで、おれは何が起こっているのか気づかなかった。

「ひあ……！」

克己がおれの胸の、小さな先端を口に含んでいる。吸い出されてきゅっと尖った粒を掘り起こすようにされ、甘噛みされる。

「おれは牡……男だから、そこから乳は出ない」

おれの言葉を聞いて、克己はそこを唇で捕えたまま笑った。敏感になった先端から知らなかった疼きが生まれ、おれは動揺した。

「あ……やだそれ、へ…んな感じする。じんじん、する……」

さっき小暮に弄られた時には嫌悪と痛みしか感じなかった小さな器官が、下腹へとはっきりとした喜悦を伝える。触れられた場所から、自分が組み変わっていくようだった。

「変な感じがする、だけじゃないんだろう？」

いつにない密やかな熱っぽさを含んだ重い低音を耳に注がれて、尾てい骨までじんと痺れた。克己がパジャマのズボンの上から、おれが悦んでいる証拠の輪郭をなぞってから、邪魔な布地をはぐった。

はしたないほど勢いよく飛び出したものをいつものように触ってほしいと、腰が揺れてしまう。だが、おれのパジャマと下着が抜き取られ床に捨てられると、克己はおれの膝を大きく割り開いて、あられもない姿勢を取らせた。

先端の粘膜が、期待で濡れている。興奮しきったおれのモノに、柔らかく濡れたものが触れたので、おれは仰天《ぎょうてん》して自分の下腹に視線を向けた。

克己の口に、おれのあんなものが入ってしまっている。濡れ光った熱芯が大好きな人の口腔を出入りする、想像もしていなかった光景にくらくらする。

「そん、な！　だめだよぉ……！」

おれを咥《くわ》えたまま、克己はおれから視線を外さない。

こんなことを、克己が、おれに。その事実だけで気が遠くなる。その上、射精感がどんどん募ってきて、おれは慌てた。

「だめ、出ちゃ、から……出ちゃう……　あ、あぁ！」

腕を伸ばして克己の頭をどけようとしても、体に力が入らない。性器の裏側をねっとりと舐められ、また敏感な先端の粘膜に戻ってくる。射精感が耐え難いほどになり、おれは開き切った膝をがくがくと震わせて身悶《みもだ》えてしまう。

先っぽの穴を、ぐりっと舌先で抉るようにされた刹那《せつな》、

「ふあぁ、あああぁぁ……！」

細かく体を痙攣《けいれん》させておれは果てた。そのすぐ後に、克己の喉が鳴る音がした。

「……飲んだ？」

おれが克己を気持ちよくしてあげたかったのに、またおればかりが気持ちよくなってしまった。その上、あんなものを飲ませてしまった。

克己の指先が、さっき小暮に苛められた場所に忍んできたので、おれはぴくりと肩を揺らした。狭間をゆっくりと撫でられるだけで、ぞくっとするような快感が奥へと走る。

「ここは嫌か？」

嫌じゃない。克己のしたいことを全部してほしい。されたい。おれはしっかりと克己の目を見つめて言った。

「おれに挿れて。克己のおちんちん、挿れて」

「……ばか」

なぜばかと言われたのか分からないが、克己の目元が少し赤らんでいるのがすごく色っぽかった。

「お前にこれまでしてきたことだって、とっくに人に言い訳できることじゃないんだ。だからせめて自分の欲で奪うことだけはすまいと踏みとどまってきたのに。歯止めがきかなくなるじゃないか」

歯止めなんか取っ払って、入ってきてほしい。この体で一つに繋《つな》がって、おれのことをもっと好きに、沙耶子を忘れるぐらいに好きになってほしい。

優しくなぞられているだけなのに、そこがくぷりと開く感覚があって、身も心も準備ができたことを知る。やがて、克己の指がおれに入ってくる。

「ふぁ、あぁんっ」

小暮に指を入れられた時にも快感はあったけれど、心ごと委《ゆだ》ねた状態で与えられる悦びは、全然違う。克己が指を出し入れし、狭い場所で回すにつれて、全身がどろどろに溶けてしまいそうになる。

とうとう、待ちに待った熱くて硬いものがぐっとそこに押し付けられ、窄んでいる場所が強い圧《あっ》でじりじりと押し開かれていく。

克己のものにされる。これで、おれは克己のもの。

恍惚《こうこつ》となったおれは、心の声をそのまま外に出していたらしい。

「これで、おれは要るものになれる……これでずっと、ここにいられる……」

「……それはどういう意味だ？」

おれの奥に侵入しつつあった熱棒の動きが止まり、克己が腰を引いてしまうと、開きかけた粘膜が突然熱を奪われて、すうすうした。

「ここにいるための理由が欲しいから、俺に抱かれようっていうのか」

克己の眉がきゅっと寄せられて、酷く怖い顔をしている。雲行きがおかしい。克己は何だか怒っているみたいだ。

おれは何か間違ったらしい。でも、克己がなんで怒っているのか、何がいけなかったのか、おれには分からない。

「ご、ごめ……」

「何かの対価に身を任せるのは娼婦《しょうふ》と同じだ」

頭の中を鋭利《えいり》な刃物で切り裂かれたような衝撃が走った。

人間の言葉には疎《うと》いおれでも、その言葉に込められた軽蔑《けいべつ》の感情だけは完璧にくみ取ることができた。

克己がおれを娼婦みたいだと言った。

他の男に触れさせた体を汚いと思ったんじゃない、体を使って自分の居場所を確保しようとするようなおれの心を薄汚いと言ったんだ。

「かつ、み」

克己がベッドから体を起こし立ち上がった。

行かないで。おれを見て。お願いだから嫌わないで。

伸ばした指先は届かない。

「……俺はお前が大事だよ。だから、お前の純真さが損なわれるのも、その純粋さを利用する奴にも、我慢ができない。それをするのがたとえ自分であってもだ」

優しいような拒絶の言葉だけを残して、視線の先で扉が閉められた。


翌日おれが目覚めた時、克己はもう仕事に出かけた後だった。朝食と昼食の支度《したく》がしてあったが、食欲はまるでない。愛してもらえると思った矢先に克己に突き放された落胆と、軽蔑され、嫌われてしまったかもしれないという恐怖が、全ての感覚を覆い尽くしてしまっていた。

こんな日には時間の進みが遅い。時計の針を見つめながら克己の帰りを今か今かと待っていたが、帰ってきたのは克己じゃなく、中西だった。

「ごめんね、僕で。先生は忙しいから、頼まれてきたんだ。これ、夕食に」

近所の弁当屋の弁当を手渡されて、失望で胸が塞ぐ。

中西が帰ってから弁当を開けたが、相変わらずまるっきり食欲がなかった。

克己に避けられているのかもしれない。ナイフの刃を心臓に当てられたような恐怖が、明け方わずかにまどろむまでずっと消えてくれなかった。

その次の朝も克己に会えないものと思って台所に向かうと、食事の支度をしている克己の背中があった。視界がぱっと明るくなるようだった。

どきどきしながら「おはよう」と言うと、「おはよう」と返してくれる。気持ちがますます明るくなる。

避けられているかもと思っていたけど、このまま前みたいな気の置けない雰囲気が戻ってくるかもしれないと嬉しくなる。

安心したら急に空腹を覚えて、克己がテーブルに並べてくれたトーストとサラダと目玉焼きの朝食を残さず食べた。

食後、おれにはぬるめのホットミルクを出し、自分ではコーヒーを飲みながら、克己は話を切り出した。

「俺は当分忙しくなるから、お前のことをしばらく中西に頼むことにした」

「中西？　昨日みたいに中西が来るのか」

「そうじゃなくて、しばらくの間中西のところにお前を預けたいんだ」

晴れ晴れとしていた胸に再び黒雲《くろくも》がかかるのを感じた。

「しばらくっていつまでだ」

「お前の落ち着き先が決まるまでだ」

「落ち着き先って。ここに戻ってくるんじゃないのか」

嫌な予感がして、鼓動が速くなってくる。

「昨日検査結果が届いて、お前と俺には血の繋がりがないと分かった。それから、お前の教えてくれた佐藤瑞樹という名前から、ある児童養護施設から六年前に出されていた捜索願がヒットしたそうだ。お前の年齢は二十歳、残念ながら身内はいないそうだ。今では施設で保護できる年齢を越えているから、照合する優先順位が低いと思われて見逃されていたらしい。万が一このままお前の記憶が戻らなくても、自立して暮らしていけるよう、行政のサポートが受けられるよう手配したから、住むところもすぐに決まるはずだ」

「……住む、ところ」

強い鼓動が胸を内側から叩く。

この先を聞きたくない。

「一人は気楽だろう？　俺に小言《こごと》も言われないしな。気兼ねせずに暮らせる自分だけの部屋だぞ」

明るい声を出しているが、克己はおれの目を見ない。

鼓動がますます激しくなる。息が苦しい。克己はおれを切り捨てようとしている。

そんなの嫌だ。そんなの嫌だ。

「……克己が忙しいなら、たまにしか家に帰ってこなくてもいい。家事も、できるようになる。もうわがままは言わない、一人で寝るし、外に出かけるのがだめなら、家でずっと待っている」

「そういうことじゃないんだ」

「じゃあ、どういうことだ」

努力の余地があるならなんだってする。でも、そういうことじゃないんだということは、漠然《ばくぜん》とおれにも分かっていた。

おそらく血の繋がりがないから、そして恋人にもするつもりはないから、ここに住んじゃいけないのだ。克己は、どういう意味でもおれのことはいらないのだ。

「自分だけの部屋なんかいらない。おれはここがいい。……もう、触ってなんて言わない。抱いてほしいなんて言わない。二度と困らせることはしない。それでも、克己のところにいたらだめなのか」

その瞬間、克己の顔がまるでおれを可哀想でならないと思ってでもいるように強く歪《ゆが》んトだった。

だが、すぐに顔はそらされた。やがて聞こえてきた言葉は、作ったように穏やかでフラッ
「何も不安に思うことはないんだ。お前は頑張《がんば》り屋でいい子だから、どこに行ってもちゃんとやっていけるし、たぶんここにいるより悪いことにはならない。お前が新しい生活に慣れるまで、俺もできる限りのサポートをするから」

全部の言葉がさようならにしか聞こえない。

悲しくて、悲しすぎて、心が麻痺《まひ》したようになっている。

「おれが嫌いになった？　おれ、迷惑だった？」

囁き声での問いかけは、優しさの衣を着た拒絶《きょぜつ》に、綺麗に弾き返される。

「玖朗のことを嫌いになるわけがないだろう。迷惑だったなんて思っていない。お前と暮らす生活は、子供の目を通して世界を見ているようで、とても楽しかった」

楽しかったって。終わったことのように話すんだな。

分かってる。もうだめなんだと分かってるけど、すがらずにいられない。だって、この会話が終わってしまったら、さよならが決まってしまうんだろう。

すがるほどに嫌われるんだと分かっていても、一分一秒でも長く、克己のそばにいたい。

ここにいさせて、と言おうとした言葉は、硬く重い声に遮《さえぎ》られた。

「俺はお前の後見人としてふさわしくない。お前が以前の暮らしで心身共に傷ついていた

らしいことは、お前を診た医師から聞いて知っていたし、立場を逸脱しないよう釘も刺されていた。本当は親のような愛情でお前を包んでやるべきだったんだろう。そうありたいと思っていたが、俺には無理だった。人間として未熟で、お前にふさわしい保護者になってやれなくて、本当にすまない」

何度も何度も同じことを考えてきたような、きっぱりとして静かな声だった。克己はもう決めてしまったのだ。

克己の言葉は、おれの胸を切り裂いた。

切り口が鮮《あざ》やか過ぎると、最初は痛みを感じないものだ。だが、次の瞬間に激痛へと変わる。心の悲鳴が幾千《いくせん》もの鋭いかけらになって、血を流している心に突き立っていく。

人を好きになることは、その相手の前に剥き出しの心を差し出すことだと、おれは初めて思い知る。愛されている側は、ただのひとこと、ただの一瞥《いちべつ》で、愛する側の心をめった切りにもできるのだ。

冷たい痛みが開けた穴はぐんぐん深くなって一つに繋がり、大きな空洞《くうどう》になる。そこに、熱い真っ赤な悲しみが流れ込んでくる。

人間なんて信用ならないと、二度と誰かの飼い猫にだけはなるまいと思っていたおれを、マフラーでくるんで抱き上げ、夢にも思わないような幸福を教えて、手懐《てなず》けたのはあんたじゃないか。

この絆だけは何があっても切れないのだと、今度こそは命が尽きる時まで一緒に暮らせるのだと、そう信じ込ませたのはあんたじゃないか。

「こんな風に、後から放り出すぐらいなら、おれのことを最初から放っておけばよかったんだ！　克己がおれを拾わなかったら、あの時おれは死んでた。克己にいらないものにされるぐらいなら、あの時死んでいればよかった！」

ああ、おれは酷いことを言ってる。

猫だった時にも人間になってからも、克己が力を尽くして救ってくれたことを知っているのに。

自分の子供でも甥でもなかったおれと一緒に暮し、精いっぱいの世話を焼いてくれた。その恩を仇《あだ》で返すようなことを言っている。一番大事な、誰よりも好きな人のことを傷つけている。

それでも、このままお別れなんて嫌だ。怒ってもいい、叱《しか》ってもいいから、克己にとっておれがまだ、何かしらの意味がある存在なのだということを言葉にしてほしかった。

だが、克己はこう言っただけだった。

「すまなかった」

たったそれだけの言葉で、永遠だと信じていた日々に、あっけなく終止符《しゅうしふ》が打たれた。

中西の部屋の隅《すみ》で、おれは膝を抱えていた。

克己と中西が小声で話しているが、おれは耳がいいから全部聞こえてしまう。

「急に済まない。恩に着るよ。あいつのペットの世話まで頼んで、お前には迷惑をかけるな。玖朗の住まいは猫を飼える条件のところをできるだけ急いで探すから」

「うちは構いませんよ。玖朗くんのことは大好きだし、去年ちゃむを亡くしてからずっと猫を飼う気になれなかったので、しばらく猫と暮らせるのもリハビリになって嬉しいです。それはいいですけど、先生、ちゃんと玖朗くんに会いに来てくださいね？　急に環境が変わって不安になってるはずだから」

「分かってる」

「本当に分かってるのかな。ちゃんと納得するまで話し合ったんですか。見てくださいよ、可哀想に、あんなにしょげて」

結局、おれはまた捨てられた。克己にいらないものにされてしまった。

おれの話をするな。何も聞きたくない。全部のことが早く終わればいい。そうでなければ、今すぐ眠ってしまいたい。

「玖朗くんもだけど、先生の方は大丈夫なんですか？　あんなに楽しそうだったのになあ。

クロちゃんまでいっぺんに手放しちゃって、広い家に急に一人になるんじゃ、寂しくなっちゃうんじゃないですか」

「クロが玖朗にしか懐かないんだから仕方がないさ」

おれが家を出ることになったことを告げると、瑞樹はおれについていくと言って聞かなかった。唯一話が通じるおれと、片言でも話ができるようになったラッキーが、どっちもいなくなったら自分はどうすればいいのだと怒った。考えてみれば無理もないことだ。

おれがクロも連れて行くと言い、瑞樹がおれと引き離そうとすると狂ったように暴れるので、克己は仕方なく黒猫をおれに預けたのだ。

その猫たちは今どうしているかと言えば、瑞樹は用心深い顔つきで猫ベッドの中にじっとうずくまり、ラッキーは家が変わったことに怖気づく風でもなく、物珍しそうに部屋の中を見学している。

「玖朗くん、先生帰るから」

中西の呼ぶ声に、おれは立ち上がる。玄関でもう靴を履いてしまった克己が、小さな子供にするみたいにおれの頭を撫でた。

「玖朗。いい子にしてるんだぞ。お前にやった携帯はそのまま持っていていいから。何か困った時には、迷わず連絡してくれ」

喉に何かがぐっとせり上がってきて、言葉が出てこなかったから、おれは黙って頷いた。

「それと、これ」

手を取られ、細い銀の鎖に赤い石のはめ込まれた飾りがついたペンダントが、おれのてのひらの上に落とされた。

沙耶子に繋がる唯一のもの。瑞樹のためにこれを返してもらわなければと思っていたのに、ここ数日は克己と別れることで頭がいっぱいで、すっかり忘れてしまっていた。

「……これ、克己の大事なものじゃないのか？」

「以前の持ち主が誰であれ、今はこれはお前のものだから」

これを克己の方から返してくれたことで、本当にもうお別れなんだということが、ひしひしと伝わってきた。

克己を見送ってしまうと、自分がからっぽになってしまったような気がした。

「狭いとこでごめんね。自由にくつろいで」

中西はそう言って、おれにソファを勧めた。

「それ、友達が泊まりに来る時のためにソファベッドになってるんだ。玖朗くんのベッドはそこだからね。寝る前にシーツを出すから」

中西の家に移るのだと聞かされてから、ここに来るまではほんの数日しかなくて、まだ現実味がなかった。

おれの持ち物はみんな克己に買ってもらったもので、全部集めてもたいした量にはならない。持たされた当座の着替え以外は、後で克己が送ってくれることになっていた。

中西が、おれの顔を覗き込んできた。

「玖朗くん、大丈夫？」

「何が？」

「落ち込んでいるように見えるから」

おれは落ち込んでいるのだろうか。

克己の家を出ることが決まってから気分が塞がれていて、何もしたくないし、すぐにぼんやりしてしまう。スケボーにも行ってない。

ああ、おれは落ち込んでいたんだ。

おれには慣れない感情ばかりで、ひどく疲れたような気分だった。言葉にしてもらってやっと、自分の気持ちを把握《はあく》できる。

「うちに来るの、本当は嫌だったんだよね。せっかく慣れたところで、また落ち着かない思いをしてるんだから、無理ないよ。僕は先生とよりは玖朗くんと年が近いから、僕でよかったら何でも相談に乗るよ。楽しくやろうね」

中西からは常に快活《かいかつ》で優しい気配が放たれていて、だからおれは中西といると安心していられるし、この少し間延《まの》びした感じのする青年のことが好きなのだ。だが、今は気持ちが沈みすぎていて、楽しい気分になれそうもなかった。

「今は少し落ち込んでいる。でも、中西が嫌とか、そういうことではない。少し悲しいだけだ。時間が経てば立ち直る」

中西に気をもませるのも嫌だから、自分でも確信できないことを、あえてきっぱりと言ってみる。

「僕にまで気を遣わなくていいよ。玖朗くんは犬飼先生のことが好きだから、離れてしまって悲しいんでしょう」

「うん。おれは克己が大好きだ」

自分の言葉がまた鋭い破片に変わり、傷を作る。それでも、誰かに向かって克己のことをいつまでも話していたいと思う自分が不思議だった。

「おれは克己が特別に好きだけど、克己はそうじゃない」

「特別に好きっていうのは、玖朗くんが先生に恋をしてるって意味にとっていいの？」

「好きの種類はおれにはよく分からない。ただ、克己のことを考えると胸がぎゅうっとなって、だから考えないようにしようとしてもできなくて、眠れないぐらい苦しくなる」

「うん。紛《まぎ》れもなく、それが恋だね。恋の病だ」

猫の恋は季節が変われば憑き物が落ちたようになる一過性《いっかせい》のもので、性欲とほぼ同じ意味だ。この感情は、猫の恋とはまるで違う。

確かに、おれには克己に性的な感情があるけど、おれの気持ちはそればかりじゃない。

たとえ、この先一度も触れてもらえる可能性がなくても、克己のそばで克己を見ていたかった。もう、それも叶わないことだけれど。

「人間の恋は病なのか？　どうりで胸が苦しいと思った」

何がおかしいのか、中西がふふっと笑う。

「玖朗くんは面白いね。それに素直で可愛い。最初の頃より、ずいぶんいろんなことが上手になったよね。先生と暮らすために、ずいぶん頑張ったんでしょう。そういういじらしい子を、先生だって可愛いと思わないはずがないよ」

中西はおれの頭を撫でてくれた。その手つきが克己を思い出させて、おれの胸はきりきりと痛んだ。

「先生は玖朗くんのことをとても大事に思ってるよ。そうじゃなきゃ、忙しい診察の合間の昼休みにわざわざ様子を見に戻ったりしない。診察前の空き時間に、先生がネットでレシピの検索してるの見たことがあるよ。先生だって、すごく楽しそうに見えた。玖朗くんをここに寄越した事情は詳しく聞いてないけど、それだって君を疎《うと》ましく思ってるからなんてことは絶対にないと思う。何かよっぽどの事情があったんだよ」

これは僕の想像だけど、と中西は前置きして、ゆっくりと言葉を継《つ》ぐ。

「先生も悩んでるんじゃないかな？　先生は玖朗くんの後見人だし、今の玖朗くんは記憶も定かじゃないでしょう。保護者でいなくちゃという意識が強すぎて、君を恋愛対象に見ること自体に罪悪感があるんじゃないかな」

「克己が悩むことはない。克己がおれを恋の気持ちで好きじゃなくても、それはどうしようもないことなんだ」

おれが克己のことを胸がちぎれそうなぐらい好きだって気持ちを、なくすことができないのと同じように。

克己と暮らした毎日は、信じられないぐらい幸せだった。これまで八回生まれて七回死んだ全ての日々を合わせたよりずっと、とろけそうなぐらいに。

命は、ただ生きているだけで価値のあるものだ。愛なんてなくても、ただ食べることに汲々《きゅうきゅう》とするだけの暮らしでも、生きていることは他者の命を押しのけて許された特別なことなのだ。

それでも、愛があればその限りある命がどれだけ輝くものかと教えてくれたのは、克己だ。

「おれは克己が好きだ。生きるのに必要な名前も、命も、克己がみんなくれた。今はもうそれだけで充分なんだ」

そう、ブチだって、猫殺しに殺されてしまった猫たちだって、瑞樹の友達の倖生という青年だって。生きたくても生きられなかった命がたくさんあるんだ。生きているおれがこれで充分だと思わなければ、そいつらに申し訳ないじゃないか。

「玖朗くんは、本当に先生のことが好きなんだね。僕もいつかそんな風に、全てをなげうってても構わないってぐらい誰かを好きになってみたいよ。……でもね、先生だって君のことがとても好きなんだと思うよ。あの人は動物にはめっぽう優しい人だけど、僕の知る限り身の回りに誰かを置くってことがなかったんだ。だから、君と暮らし始めた時には驚いたんだよ。君はきっと、先生にとって特別な存在なんだと思う。この先も犬飼先生は君のことをずっと気にかけ続けるだろうし、先生との縁が切れてしまうことはないはずだよ」

中西は、おれの気持ちを引き立てようとして一生懸命だった。本当にいい奴だ。

克己がおれのことを大事に思ってくれていたことは知っている。ただ、おれが克己を失望させ軽蔑されてしまっただけで。

「悪い方に考えないで、もっと楽しいことを考えようよ。そうだ、玖朗くんは明日が犬飼先生の誕生日だって知ってた？」

「克己の誕生日？」

「後で先生へのプレゼント買いに行こうよ、先生、喜ぶよ」

プレゼント。

そう言えば、俺が昔飼われていた家の少女は、誕生日に山ほどプレゼントをもらっていたっけ。人間同士は誕生日にプレゼントをあげるものなのか。

「おれ、お金なら持ってる」

出かけてもジュースも買えないんじゃ困るだろうと言って、克己はたびたびおれに小遣いをくれた。それを一度も使わずにいたから、絵の描かれた紙のお金も結構たくさん持ってるのだ。

「お金の心配はいらないよ。先生から玖朗くんの生活費を預かってるし」

最初で最後のプレゼントになるかもしれない。

できれば、大好きだっていう気持ちのこもったものをあげたい。でも、あのペンダントみたいに長い間人の心を縛《しば》るものじゃない方がいい。

「……ずっと残る物じゃない方がいいんだ。一時《いっとき》だけ克己の気持ちを温めたら、何もなかったように綺麗に消えてしまうものがいい。どんなものがいいと思う?」

「そうだなあ。食べ物とか、花とかかなぁ」

食べ物という言葉から、おれがプリンを初めて食べた時の幸福感と、その時おれを見ていた克己の、えもいわれぬ優しい瞳を思い出した。何気ない一コマ、でも、今思えば言葉が要らないほど完璧に幸福なひとときだった。そう感じていたのは、おれだけではなかったと信じたい。

「おれにもプリンは作れるか?」

「ああ、いいかも。僕も高校の調理実習で作ったことがあるぐらいだから、そんなに難しいことはなかったはず。きっと作れるよ」

そう言ってにっこりと笑う中西を、とても頼もしく感じた。

「何とかここまで漕《こ》ぎ着けたけど、安請《やすう》け合いした自分を呪《のろ》いたいね」

二時間前までは頼もしい様子をしていたはずの中西が、今はだいぶよれっとした様子に変わっている。

一人暮らしの若い男の家に菓子作りの材料が揃っているはずもなく、最初におれたちは、買い物に行った。プリンの作り方は、中西がパソコンで調べてくれた。

自信に満ちていられたのはそこまでで、おれたちは、すぐに作り方に書いてあるように手際よくはいかないものだということを思い知らされた。

シンクの周囲を卵まみれにして、カラメルを焦げつかせた後、何とかプリン液を型に注ぎいれたものを蒸し器に並べ、そしてやっと今、プリンが蒸し上がるまでの時間、一息ついているというわけだ。

「考えてみたら、調理実習の時には、そういうのが得意で率先して作ってくれた子がいたんだった。僕にお菓子作りのコーチをしてくれるガールフレンドとかいれば、こんなに四苦八苦しないで済んだんだろうけどねえ」

「中西は、恋人はいないのか」

「いませんよ残念ながら。僕も犬飼先生ぐらいモテたらいいんだけどねえ」

中西の部屋に来たときは克己の名前を出すだけで傷口に塩をすりこまれるような気分になったのに、今は名前を出すたびに少しずつ重荷を手放していくように感じていた。腫《は》れ物に触るようにはしないで、さり気なくひりついた心をなだめてくれた、中西の絶妙な距離感のお蔭《かげ》だと思う。

「克己はモテるのか？」

「顔に傷はあるし怖げだけど、あの人よく見るとかなりの美形でしょう。動物に優しいところも、ギャップがあってポイント高いらしいよ。病院に来る飼い主さんたちの中には、先生のファンらしき女性が何人もいるんだけど、あの人は冷たいんだよね。まったくもったいないよねえ。僕に分けてほしいよ、あのモテを」

中西の顔をまじまじと見ると、確かに克己ほど造作《ぞうさ》が整っていないかもしれないが、善良さがにじみ出た味わいのあるいい顔をしている。

「中西はいい奴だし、顔だって味がある。誰かが必ず中西を好きになるから、心配はいらない」

中西はプリン液だらけになった指で、ずり落ちたメガネの鼻のところを押し上げた。

「ありがとう。いい奴とか味のある顔っていうのが、女性に通用するのかかなり微妙だけど、何だか玖朗くんに言われると、何とかなるさって気になるよね」

蒸し鍋から蒸気が上がっているのが気になって、何度もガス台の前まで行ったり来たりしてしまう。でき上がった頃合いになってから、中西が蓋《ふた》を取ってプリンに串を刺した。

「大丈夫みたいだよ」

手を伸ばすと、中西が慌てて制止する。

「あ、まだ触らないで、火傷《やけど》するから」

「うまくできた？」

「上出来だよ。僕らよく戦ったよね。でもまだ最後の戦いが残ってるか」

どろどろになったテーブルを振り返って、中西は深いため息をつく。

「片づけはおれがやるから、中西は休んでいろ」

「え、今すぐ？　玖朗くんはタフだね。一緒にやろうよ。その方が早く終わるから」

洗い物が終わる頃には、プリンの粗熱《あらねつ》も取れたので、冷蔵庫へと移した。

出来上がったのは、耐熱ボウルで作った大きなプリンと、その隙間に残りのプリン液で作ったマグカップのプリンが一つずつ。

充分に冷えた頃、冷蔵庫からマグカップのを取り出して、おれは中西に渡した。

「え？　僕に？」

「今日のお礼だ。おれは中西のことも大好きだ」

おれがそう言うと、中西は眼鏡の奥の目をにっこりとほころばせた。

「ありがとう。僕も玖朗くんが大好きだよ。先生にあげる大きいのも、綺麗にできてよかったね。お茶にして、マグカップのを半分こして食べよう。カードも買ったけど、書く？」

おれはカードとペンを中西から受け取って、一文字一文字真剣《しんけん》に、時間をかけて書いた。

かつみ　たんじようび　おめでと
これまで　いつぱい　ありがと　くろ

ついこの間まで読むこともできなかった文字を、克己を喜ばせたい一心で、毎日必死で練習したのだ。精いっぱいで書いた文字は、自分にしてはなかなかいい出来栄えで、おれは満足する。

プリンは明日、綺麗な袋に入れて渡すことにした。

「克己、喜ぶかな」

「そりゃあ喜ぶよ。心がこもった最高のプレゼントだ」

「明日、中西から克己に渡してくれるか？」

「ええ？　直接渡せばいいよ。喜ぶ顔が見たいでしょう？　先生と縁が切れたわけじゃないんだから。ね？」

「明日、……明日は、おれにはやることがあるんだ。だから、頼む」

「そう……？」

もうすぐおれはどこか、ここじゃない別の場所で暮らすことになるんだろう。克己の近くにいられる時間は、おそらくあとわずかだ。

だからこそ、今のうちにやっておかなきゃならないことがある。明日が克己の誕生日とはお誂《あつら》え向きだ。これ以上のプレゼントはないだろう。

これがおれにできる、ただ一度の恩返しだと思うから。

第九章

健介に電話をして、これから訪れるつもりの都心にある医大病院の名前を告げると、『お前、どっか悪いのか？』と心配されてしまった。

『俺、このあと期末テストなんだわ。夕方まで待てれば、一緒に行ってやるよ？』

電話の向こうから、おれの知らないざわめきが聞こえてくる。昼間の健介は高校生をやっていて、勉強したりしているんだそうだ。そういうのってちょっといいなあと思う。

「病気じゃないし一人じゃない。クロとラッキーが一緒だから大丈夫だ」

準備している最中のリュックの中を覗き込むと、小さな顔が二つおれを見上げてくる。

『猫は助けにならないだろ。つか、病院の中に猫は連れてけないと思うぜ』

「クロはどうしても必要だし、慣れないうちに、ラッキーだけ置いていけない。病院では何とかする」

『何とかかってお前』

「病院までの行き方を知ってたら教えてほしい」

『……ほんとにお前だけで大丈夫かよ』

電話を切って数分後、最寄りのバスの乗り場や、病院までの経路と運賃を書いたメールが届いた。駅名がわざわざひらがなにしてあって、最後に「こまったらメールな!」と書いてある。健介らしい心配《こころくば》りと素朴《そぼく》な優しさが嬉しかった。

おれは猫たちの入ったリュックを背負い、お守りのような携帯と、これまで手をつけていなかった小遣いの金、それから例のペンダントをコートのポケットに入れて、中西の家を後にした。

これから、沙耶子に会いに行くつもりだった。

克己の家を出る前に、おれは克己に沙耶子が入院しているという病院を伝えようと思ったのだが、瑞樹に止められた。

《沙耶子ってひとの方が今、どんな状況か分かんないじゃん。未練持ってるのが犬飼さんだけだったら、相手は迷惑だろうし、犬飼さんは傷つくんじゃないの》

それももっともだと思ったから、克己に知らせる前に一人で会いに行ってみようと思ったのだ。

もし彼女の方も克己のことを忘れていなかったら、克己がまだ独りでいて、沙耶子のことを忘れずにいると伝えるつもりだ。

ブチも亡くなり、クロだったおれは人間になって、疎《うと》まれ遠ざけられてしまった。今、克己はあの古い動物病院のある家で一人ぼっちだ。

克己には誰か、一緒に生きていく人間が必要だと思う。そして、克己が一緒に生きていきたいのは、きっとこの世で沙耶子一人なんじゃないかと思うのだ。

倖生という青年の言葉を伝えてペンダントを返すという、瑞樹から託された大切な務めもある。息子の死を知ったら彼女はきっとひどく悲しむだろうが、大事な人が亡くなったことを知らずにいるのは、おれだったら嫌だ。悲しくても、知りたいと思う。

バスは初めてでドキドキしたけど、停留所で待っていたらちゃんと停まってくれたし、乗降口のそばに座っていた子供が「その券をとるんだよ」と教えてくれた。案外訳ない。

車高が高くて外が良く見えるのが、いい気分だ。

小銭の両替に多少手間取りながら無事バスを降りると、もう視線の先には駅前の風景だ。構えていたほどのこともなく順調にここまでたどり着いて、全然大丈夫じゃないかと力を抜いた、その肩を、何者かがぐいとつかんだ。

「よう、瑞樹。久しぶりだなあ。えらい元気そうじゃね?」

崩れた雰囲気の派手《はで》な服装の男が二人、妙に親しげに笑いかけてくる。締まりのない体つきと顔色の悪さが、不摂生《ふせっせい》な生活を物語っている。もちろんこんな顔見知りはいない。

「まあまあ、知らない仲じゃねえだろ。少し話でもしようぜ」

戸惑っているうちに、男たちはおれを囲むようにして、路地の方へと連れて行こうとする。嫌な感じが高まるのと、頭の中で瑞樹の緊張した声がはじけるのが同時だった。

《……この声、知ってる。ウリだった頃、おれを見張ってた奴らだ。玖朗、やばい。逃げろ！》

とっさに体をかわして逃げようとしたが、二の腕を強く捕まれ、昼間は閉まっている店の扉に体を押しつけられた。

おれの前にぐっとかがみこんできた男の手元で銀色の光が閃《ひらめ》いて、ナイフだと思った時には頬に冷たい刃があてられていた。

「瑞樹てめえ、よくもふざけた真似してくれたなあ。お前をヤミケンで買った連中には、相応の落とし前をつけさしたけどよ、お前も店を通さず上前《うわまえ》をはねるような真似しちゃまずいよなあ？」

「器量《きりょう》がよくなってんじゃねえか。金回りのいいパトロンでも見つけたか？　ヤミでウリやった分と逃げてからこれまでの分。いっぱい稼いで返してもらわねえとな」

人間には善良なのも邪悪なのもいて、一人の人間の中に慈愛に満ちた部分や残酷な部分が混じり合っていたりすることも、人の中で人として暮らした今ではだいぶわかってきたつもりだ。

でも、救いようがないほど悪の深みに堕《お》ちた人間というのが、確かにいる。

こいつらは猫だった頃おれを襲った奴や、瑞樹を捨てた奴らと同じ。見つからなければ何をしても構わないのだと、弱い立場の者を利用し痛めつけることに少しも良心の呵責《かしゃく》を覚えない。

逃げなければ。でもどうやって？

二対一で、相手はナイフを持っている。逃げるチャンスがあるとすれば、隙を突いた一瞬だけ。

「さ、ぼやぼやしてねえで来るんだよ！」

男がリュックの上部についている持ち手をぐいと引いたのでおれはバランスを崩して転びそうになる。

と、背中でいきなり瑞樹が叫んだ。

『誰か！　助けて！』

それは見事な猫語で、こんな時だと言うのに、おれは一瞬聞き惚れた。

「何だ？　中に猫入れてんのか」

「リュック寄越せ。踏み潰してやる」

瑞樹もラッキーも、おれの大事な友達だ。渡せるものか。リュックを引っ張る男たちともみ合いになる。乱暴に引っ張られて、中の猫たちが叫び始めた。

『殺される、助けて、誰か！』

『こわいよ！　たしゅけて！』

ラッキーも、瑞樹に合わせて精いっぱいの声で鳴く。すると、二匹の声に誘われたのか、物陰から大きなトラ猫が一匹現れて、唸るような声で鳴いた。

「ぐるぐるる……うぐるぐるるぁあー……」

「みゃーぉ、んにゃーぉ……」

するとまるでその声に呼応するように、遠くで、また少し近くで、呼びかけとそれに応える声が鳴き交わされた。

一匹、また一匹と集まってきた猫たちが、やがて狭い路地に溢れるほどになっていく。どこにこんな数が隠れていたんだろうという三十匹近い数の猫の、薄暗い路地で光る眼、眼、眼。

「うわっ、何だこれ、気持ちわりぃ！」

男たちが猫の数に怯んで、突きつけられていたナイフがそれる。その隙をとらえて、おれは全力で地面を蹴った。行く手を阻《はば》もうとして飛び出してきた男の目を、迷わず指で突く。

「うわあぁ！　目が！　目が！」

男が顔を押さえてうずくまった、その上を飛び越える。追ってきたもう一人の男がナイフを振り上げたのが目の端に入り、とっさに腕で頭部をかばう。と次の瞬間、上腕に熱さを感じた。

見下ろすと、おれの左腕にナイフが突き立っている。刺された、と他人事のように思う。

「舐めた真似しやがって！　倖生の二の舞になりてえのか！」

そうか。こいつらが瑞樹の友達をなぶり殺した奴らなのか。

おれは無造作に腕からナイフを引き抜くと、男の顔の横すれすれに振り下ろした。

「ぎゃあああぁっ！」

男の頭の側面から血が吹き出し、切り離された耳がぴしゃっという水音と共に地面に落ちた。友達の敵は、おれの敵だ。本当は腕一本落としたって足りないぐらいだが、今はこれで勘弁してやる。

『みんな、ありがとう！』

集まってくれた猫たちに一声呼びかけると、おれはもう背後を振り向かずに駆け出した。だてに毎日外で体を動かしちゃいない。本気で走れば体がなまったような男たちに追いつかれるおれではない。それにしても、ばかに腕が痛い。

《玖朗、タクシー！》

瑞樹の声を頭の中で聞いて、おれはタクシー乗り場で客待ちをしているタクシーに飛び乗った。閉まる扉の窓越しに、片耳を押さえて走ってくるものすごい形相の男が見える。

「お客さん、行先は？」

病院の名前を告げると、タクシーが滑らかに走り出し、暗い路地も男たちも後ろに遠ざかっていく。

ほっとしたら、たまらない痛みが襲ってきた。コートを半分脱いで刺された場所を見ると、セーターがじっとりと血で濡れている。おれはハンカチを取り出して腕をきつくしばり、もう一度コートを着た。

不審《ふしん》なものを感じたのか、運転手がバックミラー越しにこちらをうかがっている。

「大丈夫ですか？　病院までできるだけ急ぎますから」

「……大丈夫だ。ありがとう」

幸い生地が厚いので、表まで血は染み出していないけれど、お気に入りのこのコートは台無《だいな》しになってしまったなと、耐え難いような痛みから気をそらしながら考えていた。

ラッキーには『声を出さないで、できるだけじっとしているようにな』と言い聞かせ、おれは病院の正面玄関を入った。

《受付で高槻沙耶子の病室を尋ねるといいよ》

という瑞樹の声に従って部屋番号を尋ね、教えられた入院病棟へと向かう。

腕が酷く痛む。額やこめかみに絶えず冷たい汗が流れて、体を支えるのも大儀《たいぎ》になり、おれは無事な方の腕で手すりにすがるようにして体を前に運んだ。

沙耶子に会って用が済んだら、急いで克己のところに帰らなくちゃ。克己なら、おれの怪我を綺麗に治してくれるだろう。クロだった頃、おれの体を治してくれたように。おれの頭は次第に朦朧《もうろう》としてきて、克己に遠ざけられたことも、今のおれの体は人間だから動物の医者の克己には治せないことも忘れてしまう。

ナースセンターの中の看護師たちが忙しそうにしてこちらに気づかないのをいいことに、そのまま教えられた病室へと入って行った。

病室は二人部屋だが、一つだけ埋まったベッドはカーテンで囲われて中が見えない。

「高槻、沙耶子……さん？」

ぎこちない呼びかけに、カーテン越しに細い声で「はい」と返事があった。

カーテンを開けると、そこには一人の女性が横たわっていた。もう若くはない痩せた顔。整ってはいるものの、シーツと変わらないぐらい真っ白で生気《せいき》がない。

「どなた……？」

「おれは、倖生からあんたに言伝《ことづて》を頼まれてきた者だ」

「倖生のお友達？　倖生はどこ？　ずっと音沙汰《おとさた》がないの。あの子は無事なんですか？」

息が切れるらしく、それだけの言葉を一息に話すと、短い呼吸音が病室に響く。病状は軽くはなさそうだった。

おれはベッドの脇に置かれたスツールに腰かけ、リュックのファスナーを開けると、すぐに黒とキジトラの二匹が小さな頭を出した。

《早く、この人に倖生の言葉を伝えて》

瑞樹が促してくる。沙耶子に息子の死を伝えねばならないのは気が重い。けれども、このひとには倖生の最期の言葉を知る権利があるのだと心を励《はげ》ます。

「倖生は、死んだ」

女の不安げな表情がひび割れた。

「……嘘。嘘よ」

「本当だ。倖生は最期の瞬間まで、あんたのことを想ってた。戻れなくてごめんと伝えてほしいと頼まれた」

「嘘よっ……。そんな、いつ、どうして、……いいえ、そんなはずない。だって、あの子はあんなに若くて健康で……」

殺されたと教えるのはあまりに酷《むご》い気がして、おれは「仕事場で死んだ」としか言えなかった。

「これをあんたに渡すよう頼まれてきた」

ペンダントを取り出し、女の痩せたてのひらの上に落とすと、女の喉からひゅぅ、と息が漏れた。

沙耶子は彫像《ちょうぞう》になってしまったように微動《びどう》だにせず、てのひらの上のペンダントを凝視している。

「……倖生」

硬直《こうちょく》した姿勢が不意に崩れ、女はペンダントを握った手を体で抱え込むようにして、総身を震わせた。

「倖生、倖生っ……倖生ぉぉ！」

かすれた声が次第に高くなり、最後に悲鳴に変わる。ただでさえ病でやつれていた女が見る間に老けて、入院着に包まれた細く尖った肩を大きく揺らしながらむせび泣く様子は、あまりにも痛ましかった。

使命感に駆られてここまで来たけれど、おれはただ残酷なことをしただけなんじゃないのか。病に伏している女に息子の死を教えて、さらに突き落とすようなことをして本当によかったのだろうか。

そんな気持ちで心が揺れ始めた時、リュックから顔を出しておれと沙耶子の顔を交互に見つめていたラッキーがつぶやいた。

『おかあしゃん……？』

リュックからもぞもぞと這い出してきたラッキーが、泣いている沙耶子に向かって懸命に鳴く。

『おかあしゃん！　おかあしゃん！』

『どうした、ラッキー。病院では声を出してはだめだ』

短い手足を懸命に動かし、もがくようにしてベッドに移ったラッキーが、顔を覆って泣き続けている沙耶子の顔を、指先を丁寧に舐めていく。

『このひと、おぼえてる。ぼくのおかあしゃん』

沙耶子が、ラッキーのお母さん？

呆然とした瑞樹の声が頭の中で響く。

《……倖生？　おまえ、倖生なのか？》

おれは半信半疑《はんしんはんぎ》でラッキーに問いかけた
『ラッキー、お前、倖生の生まれ変わりなのか？　この人がお前のお母さんなのか？』

『うん。ながいことふわふわただよってて、おかあしゃんにあいたい、あいたいっておもってたや、いちゅのまにかこのからだにはいってた。ほかにはなんにもおもいだしぇないけど、おかあしゃんのかおと、オムライシュがおいしかったこと、おぼえてる』

瑞樹と出会わなかったら、おれは克己の元に帰れずに死んでいただろうし、生きる気力を失っていた瑞樹も、きっとおれに会わなければだめだった。欠けた者同士が組み合わさることでやっと、おれたちは生き延びたのだ。公園でラッキーがおれについてこなかったら、ラッキーだっての垂《た》れ死んでいたかもしれない。一つの欠片でも欠けていたら、目の前のこの再会は叶わなかった。

いろんな偶然がおれたちを今生かしているのだとしたら、魂が引き合う場所に倖生が猫として生まれ変わって来たとしても、何の不思議もないのだと思った。

クロになった瑞樹と、今はラッキーになった倖生と、倖生の母である沙耶子と。

姿は変わってしまっていても、想い合っている者たちが一つの部屋に集《つど》っている奇跡を、おれはまるでやっと読めるようになった文字によって意味が現れてきた本を見るような思いで眺めていた。

「こいつ、倖生の生まれ変わりなんだって。死んで、今度は猫として生まれてきたんだ。あんたに会えて嬉しいって言ってる」

「何、言ってるの？」

泣き濡れた顔が、突然通じない言葉を話し始めた人を見るように目を眇《すが》める。

「信じられなくても無理はない。けど、おれはこいつの言うことを信じる。たとえ短くても、誰かと深く愛し合うことができた一生は幸福だ。倖生はあんたの子供に生まれて、あんたとこんなに思い合って、きっと幸福だった。あとオムライスが美味しかったって」

「オムライス？　確かに倖生の好物だったけど、まさか、そんな……」

おれがラッキーを枕のそばに乗せてやると、震える手でキジトラの子猫を抱き寄せた沙耶子は、ラッキーの緑灰色の丸い目を見つめているうちに瞳に新しい涙をためた。

「あったかい……」

次々に涙の雫をこぼしながら、女は祈るような表情で、小さな温い体をぎゅっと抱きしめた。

「この子が倖生の生まれ変わりでも、そうじゃなくてもいいの。……そんな風に命が続いていくんだって思ってみただけで、心が軽くなる。倖生の言葉を届けてくれて、短い人生でも幸せだったと言ってくれて、ありがとう」

細く震える声が次第に途切れがちになり、女は疲れ切ったように枕に頭を預けて、薄い瞼が閉じられる。目を閉じていると一層儚くなったように見えて、今にも女の命が尽きようとしているのではないかとおれは不安になる。

沙耶子には生きてもらわなくちゃいけない。克己が待っているのだから。

「犬飼克己、覚えてるか？」

女はいかにも瞼が重たそうに、薄く目を開けた。

「……あなた、克己さんの知り合いなの？」

「克己がおれの命を助けてくれた。克己は動物の医者で、たくさんの動物を助けてる。あんたは病気が治ったら、克己のところに行けばいい。これからまだまだ幸せになれる。克己のところでラッキーになった倖生とも一緒に暮らせる」

「克己さん、獣医さんになる夢を叶えたのね。きっと立派になったんでしょうね。……わたしには、彼に会う資格もないし、もう時間もないけど、立派にやっていると聞いて、少しだけ心の重しが軽くなったわ」

薄く開いていた瞼が、また閉じていく。

「……ねえ、わたしも死んだら猫になって、倖生にまた会えるかしら」

「きっとそうだ。けど、今は死ぬことなんか考えるな。あんたも、倖生も、これからはきっと、楽しいことがたくさん待ってるはずだ」

「そうだったら、いいわねえ」

歌うように言ったきり、女は目を開けなかった。

『おかあしゃん、ねむったたった……？』

不思議そうにラッキーがつぶやいた。瑞樹がそろそろと女のそばに近づき、はっとした様子になる。

《玖朗、このひと息をしてない！》

沙耶子の口元に手をかざしてみたが、確かに息が触れない。

《ナースコール！　枕元のボタン押して！　早く！》

ボタンを押すと、通話口から『高槻さん、どうしました？』という声がする。息をしていないことを伝えると、ほどなく駆けつけた看護師の顔色が変わった。

「児玉先生、503号室までお願いします。……ちょっと、あなた息子さん？　猫なんか連れ込んじゃだめでしょう、早く連れ出して！　病室から出てください」

病室を追い立てられるのと入れ違いにすぐに医師もやってきて、小走りに看護師が行き交う廊下がにわかに慌ただしくなった。

おれは、病室から少し離れたところにあるベンチに腰をかけた。正直、もう立っていられない。ナイフで切られた傷が、おれの生命を吸い出しているのが分かる。克己のところに戻る時間はきっと、もうない。

《できることは全部したんだから。玖朗はよくやってくれたよ》

瑞樹は慰めてくれたけど、肝心の沙耶子の命が尽きそうだ。それじゃ何のためにここまで来たのか分からない。克己には、一緒に生きる人間が必要なんだ。

『おかあしゃん、しんじゃうの……?』

不安げな子猫の頭を指先で撫でながら、おれにできることはもうないか、霞《かす》みそうな頭をフル回転させて考える。

それにしても、左腕の感覚がなくなってきた。視界がぶわりと膨らんだり、暗くなったりを繰り返している。寒くて仕方がない。

おれはある決意を胸に秘め、リュックを開けた。すぐに小さな頭が二つ現れる。おれは自分の意志を確かめるために、声に出して瑞樹に尋ねた。

「瑞樹。お前、人間に戻りたくはないか? この体がなくなったらお前は困るか?」

《戻りたくない。ラッキーが倖生だって分かった今はなおさらだ。オレの心残りも、会い

たい奴も倖生だけだったんだ。オレはできれば、このまま猫として倖生と生きていきたい》

おれを見つめ返してくる金色の瞳は澄んでいて、一切の迷いがなかった。

「猫は人間よりずっと寿命が短いぞ。ラッキーは、お前のことを覚えてなかったのに、それでもいいのか」

《構わない。今ではクロとしてのオレを慕ってくれてる。それで充分だ》

それで心が決まった。

おれは心を澄ませて、クロから瑞樹の体に移ったあの瀕死《ひんし》の時を思い出そうとした。

神様なんているのかどうか知らないし、少なくともおれは会ったことがない。でも、おれたちをあの病室に集め、ラッキーと沙耶子を会わせてくれたのが人智《じんち》を超えた何かであるとしたら、おれはそれに向かって一心に祈る。

どうかおれの残りの命を、沙耶子にやってください。

沙耶子も、ラッキーになった倖生も、瑞樹も、そして克己も、もっと幸せになっていい。それには、どうしても沙耶子が要るんです。

おれなら大丈夫、短くても充分に生きた。ブチや健介や中西と友達になれたし、瑞樹やラッキーとも暮らせた。

何より、克己に出会えた。

克己がくれた全てを覚えている。おれをくるんだマフラーの感触。月夜の歩道に落ちたシルエット。上っていくシャボン玉に映る七色。居間の床にくゆる甘い歌声。

克己の手の温かさ、肌の内側で脈打つ血潮《ちしお》、共に見た景色、味わい触れ、過ごした時間の全て。

限られた時間でも、おれは本当に誰よりも完璧に幸せだった。だから、もう充分なんだ。

おれにもし生まれ変わりの命が残っているなら、あるだけ全部の命をくれてやるから、どうか克己の最愛の人を生かしてやってください。

《おい、玖朗！　血が！》

瑞樹の焦った声に足元を見れば、ベンチの足元に血が滴《したた》っている。

《アンタの頭の中、犬飼さんのことばっかで、オレ、こんなにひどい怪我してるって思ってなかった。何やってんだよ！　早く治療を受けないと！》

「……もう、いいんだよ。おれはもういいんだ」

刺された腕にはもう感覚がなかった。体温が急速に下がり、意識が朦朧として、体を支えていられなくなる。廊下の風景が急に傾き、そのままぐるりと回転して、天井の蛍光灯に目を射られた。どうやらベンチから転がり落ちたようだ。

《何言ってるんだよ？　いいんだってどういうことだ。オレに生きろって言ったのは玖朗じゃないか！》

——瑞樹、先にいなくなることになってごめんな。ラッキーを頼んだぞ。

おれに優しくしてくれたみんな。さよなら、ありがとう。

克己、……克己、克己。大好きだよ。

お誕生日おめでとう。今頃おれのプリン、受け取ってくれてるかな。もう一つの、最後の贈り物も無事に届きますように。

誰よりも一番好きな人だから、誰よりも幸せになってほしいんだ。

『玖朗！』

病院の廊下に、猫の鋭い鳴き声が響くのを聴いた。それを最後に、おれの視界はゆっくりと狭《せば》まり、何も見えなくなった。

第十章

薄目を開けると、そこには白い天井があって、おれは強烈な既視感《きしかん》に襲われた。こんなことが前にもあったような気がする。

「気がついたのか」

ベッドのそばに腰かけているのは、おれが意識を失う直前まで想い続けていたその人だった。

克己はもう何日も眠っていないかのような、酷い顔色をしている。克己の方に手を伸ばしかけて、自分の手が目に入った。肌色をした、見慣れた若い男の指だ。

おれは死ななかったし、この体が誰かと入れ替わったりもしなかったらしい。

「沙耶子は?」

「彼女の死に顔はとても安らかだったよ。苦しまずに逝《い》ったと医師が言っていた。あのペンダント、彼女に返してやったんだな」

沙耶子が、死んでしまった。

それでは、おれの命をあげてほしいという願いは聞き届けられなかったんだ。

何がいけなかったんだろう。どこでしくじったんだろう。もう取り返しがつかないのだという思いがおれをゆっくりと浸していく。

「お前が携帯を持っていてくれて助かったよ。あれのお蔭で、この病院から連絡をもらえたんだ」

克己は酷く憔悴《しょうすい》した顔をしていた。これほどに弱った様子の克己を見るのは初めてだ。きっと沙耶子を失ったことがそれほどにこたえているんだ。

「お前が出血多量で重体だと聞いて、目の前が真っ暗になった。俺はまた自分が関わり方を間違ったせいでかけがえのない人間を失うのかと……どうしてお前が沙耶子さんの病院を知っていて、誰にも言わずに一人で会いにいったのかとか、誰に腕を刺される羽目になったのかとか、聞きたいことは山ほどある。でも、全部、体が治ってからでいい。お前が助かって、本当によかった」

絞り出すような声でそう言うと、克己は苦痛に満ちた顔を両手で覆った。

それ程におれの身を心配してくれたのだ。克己はおれのことをどうでもいいなんて思ってない。

でも、それを知ってもおれの心は少しも晴れなかった。俺が願ったことは叶わなかった。克己の最愛のひとは、永遠に失われてしまったのだ。

「全然よくなんかないじゃないか。しくじった。だめだった。おれができることなんかそれしかなかったのに」

「玖朗？」

「神様はいじわるだ。おれの命を沙耶子にやってくれって、あんなにお願いしたのに」

おれの言葉を聞いて、克己はショックを受けたようだった。

「せっかく助かったのに、どうしてそんなことを言うんだ。お前にとって、生きるのはそんなにつらいことだったのか」

「そうじゃない。おれは克己を幸せにしたかったんだ。けど、おれじゃだめなんだってことがよく分かった。おれは役立たずだし、猫にも恋人にもなれない。ここにいるのが、おれじゃなくて沙耶子なら、克己が喜ぶと思った。沙耶子がもう一度一緒にいるようになれば、克己がこの先ずっと寂しくないだろうと思ったんだ。だから、おれの命をやるから沙耶子を生かしてくださいって、一生懸命お願いしたんだ。なのに……」

「……ばかだな。玖朗は本当にばかだ。お前がいなくなってしまった世界で、俺が幸せになれるとでも本気で思っているのか」

克己の大きなてのひらが、おれの頭をゆっくりと撫でる。おれをじっと見下ろしている表情からは、まだ苦しみの色が消えていなかった。けれど、少しだけ潤んで見える目に浮かんでいるのはそれだけではなく、強く感動したような色合いがあった。

「昔の話を聞いてくれないか。俺の兄と、沙耶子さんの話だ」

本当は、聞くのが怖い。好きな人の、亡くなった女に対する想いの深さを知るのはつらい。今は亡き幸薄《さちうす》い女に、嫉妬せずにいはいられないと思うからだ。けど、おれはてのひらを握りしめ、どのような話にも耐える覚悟を固める。

「俺の母親は俺が幼い頃に家を出て、父が病死してからは、兄が俺にとっての親代わりだった。その兄が、ある日婚約者としてこの家に沙耶子さんを連れてきた。兄の熱愛ぶりは見ていても分かったし、兄がとても幸せそうな顔をしているのが、俺も嬉しかった。その愛情がどの段階で常軌《じょうき》を逸《いっ》していったのか、俺には分からない。今思えば、母のように沙耶子さんも自分を捨てるのではという不安が、兄を追い詰めたのかもしれない。兄は彼女のことをどんどん束縛するようになって、ついにある日、彼女を部屋に閉じ込めてしまった。俺は、大好きだった兄がどんどん狂気じみていくことが怖かった。だから、目を盗んで彼女を逃がしたんだ。兄は激怒して……俺と彼女の仲を邪推《じゃすい》し、俺の顔を切った。それから数日後、兄の運転する車は崖のカーブから転落した。事故の形を取った自殺だったのだと思っている」

克己の話しぶりは静かで淡々としていたが、語る内容はあまりにも重い。

小暮から聞いた話と克己の話では、兄の死と克己の傷という残された結果以外はまるで違っている。

やはり克己は、兄の婚約者を奪い取ろうとしたわけではなかったのだ。

手を伸ばして、滑らかな他の皮膚とは違う感触の、古い傷跡にそっと触れてみる。実の弟にさえ嫉妬し、これだけの傷をつけるほどに、克己の兄の沙耶子への執着は激しく、心の闇は深かったのだ。その凄まじさにぞっと背筋が粟立つと同時に、それでも沙耶子はその男の子供を産んで育てたのだと思えば、酷く悲しい気持ちになった。

「兄は俺を養うためにずいぶん苦労しただろうと思う。世間並みの楽しみのほとんどを諦めてきたはずだ。俺が関わり方を間違わなければ、兄は生きていたかもしれない。それに、俺はこの体に流れる血が怖かった。いつか、誰かに執着したら、俺も兄と同じことをするのかもしれない。お前に出会うまで、俺は割り切った関係以外持たなかったし、この先もそうやって生きていくんだと思ってたよ」

高ぶることのない、平らかな口調であるからこそ、克己の中に深く根を下ろし、ほとんど呪いとなってしまった悔いと自責の念の強さが伝わってくる。

でも、もう呪いから解き放たれてほしい。これ以上苦しまずに、自分の幸せを求めてほしい。何とかその想いを伝えたくて、おれは必死で言葉を探した。

「克己はお兄さんとは全然違う。克己に愛された人はうんと幸せだと思う。沙耶子はずっと、克己のところにいればよかったんだ」

そうしたら、克己も沙耶子も倖生も、きっとみんな今頃幸せに暮らしていたんだろうに。

やっぱり、彼女におれの命をやれたらよかったのになあ。

「お前が誤解しているようだから、この話をしたんだよ。沙耶子さんのことはずっと気にかかっていたから、亡くなったことを知ってとても悲しく思っているが、俺は彼女に恋愛感情を抱いたことは一度もない。あの頃感じていたのは、兄に酷い目にあわされている人に対する申し訳なさと義憤《ぎふん》と同情だった」

「彼女への好きは、恋の好きじゃなかったのか？」

頭が混乱する。それじゃあ克己は、どうしてこんなに憔悴しているんだ？

「玖朗は本当にばかだな。ばかで……可愛いよ。俺はお前が可愛くて仕方がない」

浮かべていたほろ苦い笑いが、何かに耐えるような表情へと変わっていく。まるで、押さえつけていなければ暴れ出すものを、懸命に抱え込んでいるみたいに。

「俺がお前を遠ざけた理由も、全然分かっちゃいないんだろう。お前と一緒に暮らし始めてすぐに、お前が可愛くて仕方がなくなった。これは歳の離れた弟や子供に抱くような種類の感情なんだろうと思っていたが、気持ちはそこで止まってくれなかった。お前を守るはずの俺が、お前に一番酷いことをしたがっている。お前はその気持ちに気づいたから、居場所を失うことが怖くて身を任せようとしたんだろう？　俺の邪《よこしま》な想いがお前にそこまでさせたんだと思うと、自分は後見人失格だと思ったんだ」

「違うよ。おれ、居場所のためだけに抱かれようとしたわけじゃないよ。克己に触れてもらえて、本当に嬉しかったんだ。この気持ちが恋なんだって。克己といると胸がぎゅうっとなって、嫌われたと思っただけで眠れないぐらい苦しくて、でも、一緒にいると幸せで心も体も熱くなる、この気持ちが……」

鼻の奥がつんと痛くなる。この感じは何だろうと思う間もなく、克己がさも大切そうにおれの頬を両手で包んで上向かせた。

「玖朗がこの病院まで来たのは、全部俺のためだったんだな。そのせいでこんな酷い怪我までしたのに、まだ自分の命を彼女にやりたかったなんて言っている。そんな子を無理に遠ざけて、結局はここまで追い詰めたのかと思うと、たまらなかった。お前が生死の境をさまよっている間、どうか代わりにおれの命を持って行ってくれとずっと祈ってた」

克己の喉仏がぐっと動いた。

克己の痛み、苦しみ、祈りの全ては、沙耶子に捧げられたものじゃなかった。おれのためのものだったんだ。

体の内側から、震えが上がってくる。だって、その人のためなら自分の命を捨ててもいいなんて、それじゃまるで俺が克己に寄せているのと同じ気持ちのように聞こえてしまうから。

期待するから、期待してそうじゃなかったらひどくつらいから、そうじゃないなら、今すぐ違うって言ってほしい。

「……おれのこと、要らないんじゃないの？　おれ、そばにいても迷惑じゃないの？　…

…おれのこと、好き?」

違うって言ってほしいなんて嘘だ。

好きって言って。責任感とか同情だけじゃなくて、おれのことを欲しいって言って。おれが克己を好きな気持ちの何百分の一、いや何万分の一でもいいから。どうか、どうかお願いだから……。

「好きだよ。こんなに誰かを愛しいと思ったことはない。矢も楯《たて》もたまらないような気持ちで誰かを欲しいと思ったこともない。何でもないことに笑わされたり慌てたり、お前といると、毎日が楽しくて仕方がなかった。こんなに楽しかったのは、家族がみんな揃って誰も欠けていない暮らしが当たり前だと思い込んでいた子供の頃以来のことだ。お前をいつか手放すのかと思っただけで胸が冷えて、早く心も体も人生丸ごと全部自分のものにしてしまいたくてどうにかなりそうだった。けど、お前が記憶を取り戻していろいろなことをちゃんと判断できるようになるまで、何かを無理強いするようなことだけはすまいと思っていた。それなのに、どんなに理性でねじ伏せようとしても、感情と体が勝手に動いて止められないんだ。正しいとか間違ってるとか、お前のためとかそうじゃないとか、もうそんなことに構っていられる余裕がない。俺は二度とお前を手放してやれそうもないよ」

身震いする程の喜びが深い場所から湧き上がってきて、本当におれの体はわなわなと震えた。

目の裏側と鼻の奥が熱くなる。

嬉しい。

ふいに、自分の目から生温《なまぬる》い水がこぼれてきたので、おれはびっくりした。どんどんこぼれる雫《しずく》が繋がって、頬に筋を作る。唇に流れ込んできたそれはしょっぱかった。

「克己。おれ、泣いてる」

これで本当におれも人間になったのかもしれない。嬉しいのに胸が迫って、涙が止まらないまま、おれは笑っていた。

「泣きながら笑う奴があるか」

そう言う克己の方でもやっぱり泣き笑いみたいな顔をして、額同士をくっつけてきた。

「……お前が生きていてくれて、本当によかった」

さっきと同じ言葉が、今度はまるで違って聞こえた。言葉では伝えきれない想いが、くっつけたおでこから伝わってくるみたいな気がする。溢れた幸福がまた新しい雫になって、おれの頬を濡らしていく。

「して。口と口、くっつけるの」

語尾まで言い切らないうちに望みは叶えられ、久しぶりの性的な接触にぼうっとなった。

「玖朗。これはキスっていうんだよ」

「き……キス、もっとして、もっと……」

キスは看護師が部屋をノックするまで続いた。ただでさえ息が上がっているのに、離れ際、これまで聞いたことがない色めいた声音が耳に直接注ぎ込まれる。

「続きは家に帰ってからな」

おれはすっかり茹《ゆ》で上がったようになってしまい、また熱が上がってきたのかと看護師の気を揉ませるはめになった。


おれが退院するまで、それからさらに一週間を要した。刺された傷は幸い急所を外れていたが、動き回ったせいで失血の量が多く、回復に時間がかかったのだ。

病院に駆け付けた克己が、自分の血を全部使ってくれと言ったことや、おれの容体が山場だった三日間ほとんど一睡もしないで病院に詰めていたことを、後から看護師に聞かされた。

そんなに心配してくれたんだと思うと嬉しいのに胸が痛くて、おれはひとりになってから、またちょっと泣いてしまった。

見舞いに来てくれた健介は「ほんっとに心配したんだぞ」と怪我した方の腕を振り回しておれを痛がらせたし、涙ぐんだ中西からは「こら。こんな無茶をして」と優しく叱られた。

心配してくれた気持ちがありがたかったし、二人にまた会うことができて本当に嬉しかった。

克己は毎日のように夜の面会時間にやって来て、瑞樹やラッキーの様子を報告し、動物病院でのちょっとした出来事を話してくれる。そんな時間は何気ないようでいて、底に濃くて甘いものが沈んでいるような空気が、これまでとは全然違う。

一人でいる時にも、帰り際に落とされたくちづけを思い出して身悶《みもだ》えそうになる。克己が帰った瞬間から、早く明日の面会時間が来ないかとばかり考えて、呼吸することさえ忘れそうだった。

退院の日。克己の運転する車で久しぶりの家に戻る間中、おれは嬉しいのに緊張して妙な具合だった。

克己はおれを欲しいって言った。続きは家に帰ってからとも言った。つまり、家に帰ったらそういうことが待ってるわけで。

退院早々そんなことばかり考えてしまう自分はひどくいやらしいようにも思えたけれど、他に誰もいない車内で隣に座っていると、嫌でもそういうことが意識されてしまう。

「やけに口数が少ないな。疲れたか？」

「や、断然元気だぞ。逆立ちで走り回りたいぐらいだ」

勢い込んで強調すると、克己はくす、と鼻を鳴らして笑った。

「抜糸《ばっし》して間がないんだぞ。傷が治るまで逆立ちはやめとけ」

克己はおれをばかと言うけど、おれはばかではないと思う。ただ、人間としての暮らしや常識に慣れていないだけなのだ。けど、頭よりも体の方がばかになってしまったのか、好きだと言われてこのかた、ずっと帯電してるみたいになっている。

意識しまくりのおれとは違って、克己はいつも通りだ。

克己の方はそうじゃないのかな。

おれには克己だけだけど、克己には病院とか他にも考えることがいっぱいあるもんな。

俯いていると、信号待ちで車が停まった途端、膝に置いた手を握りしめられた。

「くそ、やばいな。家まで辛抱《しんぼう》できないなんて」

克己の目の熱量が全然違っていて、見つめられたところから溶けてしまいそうだった。

ただでさえ電気が通ったようになっていた体の中は、ぱちぱち爆《は》ぜる小さな火花でいっぱいになる。恥ずかしいけど、実は手を握られただけでおれは半勃ちになってしまっていた。

本当に、克己の方でもおれに触れたいと思ってくれてるんだ。自信がなかったから、嬉しい。……嬉しい。

懐かしい玄関を入るなり、克己に抱きすくめられて驚いた。足元にじゃれついてくるラッキーや瑞樹の見ている前で、全身をまさぐられているのが気恥ずかしい。

「……ラッキーたちに挨拶……」

「後だ。病院でも車でもこうしたくて変になりそうだった。俺がお前を欲しいと言った意味、分かっているのか？」

「分かってる。おれだって、体中びりびりしてる。克己のしたいこと、全部おれにして」

夢じゃないんだ。おれと克己は恋人になるんだな。

かかとを踏んで靴を脱ぎ、肩からコートや服を一枚ずつ落とされながら、半分克己に抱きかかえられるようにして、後ろ歩きで廊下を進む。克己のベッドに横たえられた時には、全裸の体が酷く火照って、冷え切ったシーツが心地よいほどだった。

俺の左の上腕は、傷の上がりをよくするためにテープで覆われているが、まだ生々しい傷口が赤く盛り上がっている。医師はもっと綺麗になると言ったし、おれ自身は気にならないけど、克己が傷のある体を嫌いだったらどうしよう。

「おれの体、傷ができた。汚くなってがっかりしないか」

「これはお前が俺のために動いてついた傷だろ。きっと見るたび惚れ直すよ」

おれは嬉しさのあまり溶けかけたアイスみたいにふにゃふにゃになってしまう。

「俺の顔の傷は怖くないか？」

「そんなわけない。この傷は人助けをしてできた、克己の優しさのしるしだ、おれだって、見るたび惚れ……」

俺の言葉は克己の唇へと吸い込まれ、いきなり舌に絡め取られて、背筋がおののく。

繰り返されるキスが体に移動し、胸の粒を吸い出されるようにされるとたまらなかった。

胸から臍《へそ》へ。克己の舌がおれの体に光る軌跡《きせき》を描くと、その道筋の上に快感が芽吹《めぶ》いていく。逃し切れない快感で、のけ反った背中がシーツから浮く。

一切のためらいを振り切った克己の全てが前とは違う。どこか動物めいたむさぼるような舌使い。これまで触れてもらえたのは全部、おれが欲しがるから与えられた感覚しかなくて、それが克己の方もこうしたいと思ってくれているのだと思えばはしたないほど興奮してしまい、早くも腹につくほど頭をもたげてしまった性器がずきずきしてくる。

おれが疼きに耐えて膝を擦り合わせていると、下肢を大きく割られた。尻の狭間に何かぬめるものが垂らされ、やや性急な仕草で最奥に指が入ってくる。

「ふぅ……んん、……っふ……」

細くて硬いそれが明確な目的を持って、ぬちぬちと淫猥《いんわい》な音をたてながら、内肉を暴いていく。自分の体がほとんど抵抗なく指を飲みこんでいくのが信じられない。それは、克己と一つになりたいと願う気持ちの強さのせいなのか、はたまた慣れていると言っていた瑞樹の言葉通りだからなのか。

克己の指の腹が押すたびに、腰が跳ね上がる場所がある。おれが反応するのを見るや、そこばかり責めてくるので、おれはバネ仕掛けの人形みたいに何度でも体を弾ませながら泣く羽目になった。

「あ、やっ。ぬるぬる、する」

「ローションだけのせいじゃないぞ。ほら、中をいじるとこっちも跳ねて、びっしょりだ」

見てみろ、と促されて自分の下腹を見ると、確かに中で一番感じるところを弄られるたび、てらてらと光った前も呼応して不規則に腹を叩く。滑稽《こっけい》なようでいて卑猥な眺めにめまいがしそうだ。

直接触られてもいないのに、中を弄られただけで達してしまいそうな自分の体が信じられない。

「指だけでいきそうだな」

「あぁあ！　そこ触っちゃ、だ！　……出る、出ちゃうっ」

「そういう時はいく、って言うんだ」

「いく、いっ……ぁ、あぁぁああ！」

ひときわ強い悦楽が全身をひと舐めにして一気に頭頂《とうちょう》を突き抜けていく。がくがくと体を痙攣させて、白いものを腹にまきちらす。

中を擦られてのじくじくと爛《ただ》れるような快感はたちが悪くて、吐精したのに体の中にまだ熱が燻《くすぶ》っているようだ。

この場所を小暮に触られた時のことなど思い出したくもないからすっかり忘れていたのだが、ふとその時に言われたことを思いだしてしまって、不安になった。中を弄っているだけで勃起してしまったことをばかにされたんだっけ。

「克己、い……淫乱なのは嫌か？　おれのこと、嫌いになるか？」

途端に克己が眉をひそめた。

「誰かにそんなことを言われたのか？」

「小暮が」

「こんな時に他の男のことを思いだすんじゃない」

右のほっぺたをむに、とつままれる。

「う……」

「あのばかが言ったことは全部忘れろ。と言うか、あいつとあったことは全部忘れろ。まあ、今回のことではあいつにも世話になったが、それとこれとは話が別だからな」

「何のこと？」

「こっちの話だ。お前のは感度がいいっていうんだろ。恋人が感じやすいのが嫌な男なんているのか？」

克己はおれの右脚を高くすくい上げて、肩の上に担ぎ上げてしまった。

「何か、今ので来た」

「えっ？」

「お前は退院したばかりだしもっと復調するまで待ってやりたかったが、お前の艶っぽい反応を見せられたあげく妬《や》かされて、俺ももう限界だ。加減してやる余裕もなさそうだ。次はもっと優しくするから、今日だけ許せ」

余裕がないという言葉通りの切羽詰まった真顔《まがお》。克己が乱暴に着ているものを脱ぎ捨て、おれの狭い場所を濡らしたのと同じものを自らのそそり立ったものに塗りつけていく。

克己の裸など猫のクロだった頃から何度も見ているはずなのに、精悍《せいかん》さと包容力を同時に感じさせる広い胸や逞しく長い手足に、どきどきするのはなぜだろう。どこか獣めいた動きがぞくっとするほど野蛮《やばん》で色めいて見える。

押し付けられた切っ先の熱さと硬さで、欲しがられてると実感する。

「挿れるぞ」

「うん、……っ、う、ぁあ、あ――」

自分でも知らない奥深くをかき分けるようにして、ぐんぐん進んでくるものの衝撃に、声が止められない。おれの体、どうなっちゃうんだろう。

やがて、ずん、と腰骨に銛《もり》でも打ち込まれたような重い圧迫感がくる。

「……入った」

今、克己と一つになったんだ。

「痛いか。ごめんな」

少しかすれた声に腹の奥がよじれるような疼きを感じて、たまらなく愛しいと思ったら、大きすぎるものでぎちぎちになった場所がふいにほころんだ気がした。

克己はそこが僅かに緩んだのを見逃さず、腰を揺らすようにしてくる。

あ。気持ちいい、かも。

指で探し当てられたあの場所を、克己の先端が抉るようにし始めると、曖昧《あいまい》だった感覚がはっきりと快感に変わり、おれは甲高い声を漏らしてしまう。

「あっ、あ！　……きもちい……」

途端、克己の目の色が変わり、指が食いこむほど脚の付け根を強くつかまれ、硬く熱く脈打つものが打ち込まれる。強く突き上げられると体が軋むけれど、微かな痛みさえ凌駕《りょうが》する目のくらむような悦《よろこ》びがあった。

「好きだよ。玖朗」

「克己、好き……好きっ」

堰《せき》が切れたように、ただ好きだと、そればかりのシンプルな言葉が繰り返される。

いくら言い交しても飽き足りない。たったそれだけの言葉をどれだけ聞きたかったか。

克己がおれを欲しがっている証拠の猛りが、指では届かなかったような奥深くまで暴いていくにつれて、吐精だけでは極まりがつかなかった熱がどんどん温度を上げていく。おれの中にある、おれも知らない熱源《ねつげん》。

再び兆し始めたものを克己が握り、腰を使いながら同時に扱いてくる。克己の手の中ですぐに濡れ始めたおれの性器と、たっぷりのローションでぬめりを与えられて克己のものでかき回されている場所から、ひっきりなしに水音が立っている。

前と後ろに感じる刺激が強すぎて、おれは何が何だか分からなくなり、頭を振って泣きながら、切れ切れに叫んだ。

「や！　おかしくなるっ、頭、ばかになっちゃ……！」

「なれよ。俺の前でだけ、いくらでも」

もっと乱れろとそそのかしてくる克己は、獰猛な笑みを浮かべて、なぜか嬉しそうだ。

ああ、この人の前では自由でいいんだと急に悟った。克己はおれが何を口走っても、知ったばかりの悦びに溺れてどんな姿を見せても、きっとおれを嫌わない。

心が解放されて素直に身を委ねたら、気おくれや未知の行為への怯えがばらばらとこぼれ落ち、純粋な興奮と悦びだけが輝きながら浮かび上がってくる。

広い背中にすがりながら、つま先を丸め、左のかかとでシーツを蹴る。次第に何をされているのか、今自分がどんな声を上げているのかも分からなくなっていく。

見上げた場所で揺れる、愛しい人の顎から滴り落ちる汗の雫を、ただ、とても綺麗だと

思った。

　はふ、と満足の吐息をつくと、ごく近い距離にある克己が頬を微笑で波打たせて、おれの唇に触れてきた。おれは人間の赤ん坊みたいに、その指先に吸い付いて熱心に吸う。

「これでもう、どういう意味でも言い逃れはできないな。でも俺はどうなろうと後悔はないよ」

「言い逃れって何だ？」

「立場を逆手にとってお前を性的に利用したと言われても仕方がないってことだ。精神科医からも、お前はつらい目にあって記憶を封印《ふういん》したのだろうし、セックスはお前の精神的回復の妨《さまた》げになると言われていたからな」

「やぶ医者だ」

　おれはきっぱりと言い放つ。

「おれはどこも病気じゃない。それに、今が今まで生きてきた中で、一番幸せだ」

「……そうだな。俺にも、お前が病んでいるようには思えない。お前ほど健《すこ》やかな心をした奴はいないと感じるよ。お前は過去を脱ぎ捨てて、まっさらな心に生まれ変わったのかもしれないな」

そう言って克己は笑みを深くした。

最愛の人と裸のまま脚を絡ませ、ベッドの中でくっついていると、頭のてっぺんからつま先まで、この上なく完全に満たされていると感じる。

おれはもう、猫のクロには戻れないよ。克己は人の姿のおれを求めているし、おれも好きな人と心と体の全てを使って愛し合う深い充足を知ってしまったから。

「そうだ、言うのを忘れてたな。お前のプリン、美味かったよ。ありがとう」

克己が俺の腰を抱き寄せて、耳元にささやきかけてくる。これまでも低くて心地いい声だとは思っていたけど、こんな甘い声も出せるとは知らなかったな。

「そうか！　そんなに美味かったか」

食べてくれたんだ。おれは嬉しくなって「また作ってやる」と言いかけたのだが、剥き出しの尻をつかまれて途中から「ひあっ？」という間抜けな声に変わってしまう。

「うん。美味かった。ちょっとお前に似てるな。甘くて柔らかくて舌触りが良くて、つつくと震えるところとか」

いくらでも食える気がする、と耳たぶを噛むようにされる。

注ぎ込まれた言葉が、よく分からないたとえでありながら酷くいやらしいことを言われたような気もするのは、おれの唾液をまとった克己の指先が、おれの尻肉をかき分けるようにして際どいところを撫でてくるからだ。

　また気持ちがよくて恥ずかしいあのことが始まるのかという予感におののいて、おれは克己の言葉通り背筋を震わせてしまったのだった。

エピローグ

いつものように人の捌《は》けた待合室のソファで勉強をしていると、本日最後の患畜であるチワワを抱いた女性が帰っていった。これにて診察時間終了だ。

克己に会える。おれは参考書から顔を上げて、わくわくしながら診察室の扉を見つめた。

「最近、どういうわけか終了時間ぎりぎりに来る人、それも女性が増えたと思ったら、どうも玖朗くん目当てらしいんだよね」

受付にいる中西が意味ありげな笑みを向けてきた理由が分からず、おれはきょとんとしてしまう。

「正確には、先生と玖朗くんのツーショット目当てだね。強面《こわもて》でおっかないと評判だった犬飼先生が、美少年からの大好きビームを浴びて鼻の下を伸ばしてるのを見たいんだって。最近よく来る女子大生がこっそり教えてくれたよ。……てっ！」

扉が開くなり克己が振り下ろしたカルテで頭を叩かれて、中西が首をすくめた。

「くだらないことを吹き込むんじゃない。それに、お前こいつを甘やかし過ぎだぞ。夕飯が入らなくなるんだから、やたらに甘いものを与えるなよ」

「やたらになんてあげてませんよ。たまーに、多めに作っちゃった時だけじゃないですか。それに頭を使ってるんだし、糖分の補給は必要でしょう。ねえ玖朗くん？」

「うん。中西のお菓子は美味しいぞ」

おれは克己に取り上げられまいと、中西からもらったクッキーの包みを背中に隠した。一緒にプリンを作って以来、菓子作りの楽しさに目覚めた中西は、時々おれにも手作りのお菓子やデザートをお裾《すそ》分《わ》けしてくれるのだ。

「それに、なんだかんだ言って一番甘いのは先生のくせに。この参考書だって、フリガナふったの先生でしょう」

中西は、おれが手にしている疾病《しっぺい》別の動物看護マニュアルを指さした。

おれは現在、中西みたいな動物看護師を目指して勉強中だ。動物看護師には公的資格がないので、根を詰めることはないと克己は言う。

「ここを手伝いながら少しずつ覚えていけばいい。それに、お前にはどういうわけか猫が異様に懐くしな。知識以上に貴重な特技だと思うぞ」

一人前の看護師になって克己の手助けをするのが、今のおれにとって最大の夢だ。そのために、亀《かめ》の歩みではあるけれど、十頁ほどずつ拡大コピーしたものにフリガナをふってもらって、分からない用語は克己や中西に教えてもらいつつ、動物とその病気のことを学んでいるというわけだ。

　ところで、現在のおれの「戸籍」とかいうものに載った名前は、克己が「養子縁組」というのをしてくれたことによって「犬飼瑞樹」になったそうだ。黒猫として生きることを決めた瑞樹からはすでに了承《りょうしょう》を得ているので、いずれは玖朗の名に改名するつもりでいる。早く戸籍上でも「犬飼玖朗」になる日が待ち遠しい。

　ちなみに猫の瑞樹は、瑞樹と呼ぶ時にしか反応しないので、仕方なく克己もクロ改め「ミズキ」と呼ぶようになった。

　その時病院のドアが開いて、マリアンを抱いた小暮が入ってきたので、おれは思わず「あ」と声を上げてしまった。

「何だよ。その、露骨《ろこつ》に嫌そうな顔はよ」

　迫力のあるスーツ姿に美人猫という、いつもながらミスマッチな組み合わせの小暮が、自分の方がよっぽど嫌な顔をしている。

　克己から、瑞樹や倖生を不法に働かせていた売春組織が壊滅《かいめつ》して、監禁されていた少年たちも解放されたと聞いたのは、ついひと月ほど前のことだ。

「だから、もう外に出ても奴らに捕まることはない」

　そう克己は言うけれど、おれを襲ったあいつらはどうなったと尋ねても、「お前は知る必要がない」の一点張りだった。気になって食い下がるうちに、克己はしぶしぶ「小暮の手を借りた」と教えてくれた。

捕まえても何かの事情で重い罪を免れて外に出てくる可能性がゼロではないし、その件でおれが警察の取り調べなどに煩《わずら》わされるのも好ましくないと思った克己は、絶交状態を解いて小暮に相談したようだ。

奴らにとっては警察に捕まるよりずっと怖いことになったんだろうな、と想像がつくものの、同情は感じない。倖生や瑞樹たちの受けてきた仕打ちを思えば、当然の報いだ。

とにかく、具体的に何をしたのか正確には分からないものの、小暮にも助けられたことは事実なのだから、ここは一度きちんと礼を言っておかなくては。

「悪者をやっつけてくれたのは小暮だって聞いた。ありがとう」

おれが頭を下げると、小暮は一瞬虚《きょ》を衝《つ》かれた顔になったが、すぐに横を向いた。

「別にお前に礼を言われる筋合いはねえや。納めるもんも納めねえでシマ荒らされちゃ、こっちも見逃すわけにゃあいかねえからな」

「おれのためじゃないのは知ってる。克己のためだろう。だから、ありがとう」

小暮はふん、と鼻を鳴らして、克己と一緒に診察室に入っていった。

おれの中で小暮の位置づけは、相変わらずグレーだ。到底善人とは言い難《がた》いが、完全な悪人とも言えない気がする。

いずれにしても、小暮と克己との奇妙な友情は一生続いていくのだろうし、あるがままを受け入れようと思っている。進んで近づきになりたいとは思えないのだけれど。

夕食の後、おれは人肌に温めたミルクのマグ、克己は水割りのグラスを持って、ソファに座った。

克己の肩に頭をもたせかけても、もう決して突き放されることはない。克己の胸も、肩も、膝もおれだけの場所。こうしていると、とてもいい気分だ。

瑞樹とラッキーもまた、仲良く寄り添ってテレビを見ている。

瑞樹にとってはそろそろ、猫としての恋の季節が訪れるわけだが、瑞樹はラッキーがいれば誰もいらないと言う。

瑞樹よりずっと猫らしく天真爛漫《てんしんらんまん》なラッキーも、兄を慕《した》うように無邪気にじゃれついていて、とても微笑ましい。

おれはと言えば、最近よく、沙耶子やブチのことを考える。

柔らかな風にカーテンが膨らむ時、シャボン玉が長く消えずに空に吸い込まれていく時。ひょっとしたらブチや沙耶子が愛する者のそばにいるんじゃないかと思うことがある。

外を歩く際には、おれはつい捨て猫や捨て犬がいないかと探してしまう。もしかして沙耶子やブチが、子猫や子犬やそれ以外の姿になって、また現れはしないだろうかと。

そんな時、少なくともおれは、彼らの愛が消えずに確かな手ごたえで残っていることを感じることができて安堵する。

ブチ、おれはちゃんと克己を幸せにできているか？　死ぬ直前まで、ブチがそうあれと望んだとおりに。

「克己は、今幸せか？」

「どうしたんだ、急に。もちろん幸せだよ。玖朗がいるからな」

克己がそう言ってくれたから、おれはほっとした。

「よかった。これでブチに安心してもらえるな」

「……俺はお前に、ブチの話をしたことがあったか？」

克己がいぶかしそうに聞き返してきた。

「ブチはいい奴だった」

「そう、ブチは本当にいい犬だった。クロ……今はミズキか。怪我をして茂みの中にいたあいつを見つけたのもブチだったな。忠実で穏やかで我慢強くて、最後は空き巣と戦って死んだんだ」

「うん。知ってるよ」

ずっと忘れない。ブチはおれの最初の親友だったんだから。

「克己、あの曲かけて。『バラ色の人生』」

おれがねだると、克己は『バラ色の人生』のCDをかけてくれた。滑らかで豊かなメロディが、夜の部屋を満たしていく。

この上ない恋の喜びを歌うのは、人生の酸いも甘いも知り尽くしたような大人の女の声だ。歌詞の意味を克己に教えてもらってから、俺はもっとこの歌のことが好きになった。

おれはクロだった頃何度もそうしたように、すっかり馴染んだメロディに合わせて思いのままに体を揺らした。

生きることは甘いばかりではない、むしろ苦いことの方がずっと多い。だからこそ、生涯互いのものだと誓う恋人と共にある時間は、薔薇《ばら》色に輝くのだ。

「……クロ？」

目が覚めたばかりの人のようにぼんやりと、克己が口の中でつぶやく。

「いや……まるで、俺によく懐いてくれていた頃のクロを見ているようだったんだ。あいつもよくこの曲で踊っていたんだ」

今ならおれがクロだと、証拠を突きつけることもできるだろう。少し前までのおれなら、迷わずそうしていたはずだ。

けれど今のおれは、克己がおれをクロだと分かろうが、分からないままであろうが、どちらでも構わない。クロとして与えられていた以上の愛と確かな絆がここにあることを知っているからだ。

「玖朗。次の休みには親父と兄の墓参りに行かないか。お前のことを報告したいんだ」

「行きたい。おれも、克己のお父さんとお兄さんにいっぱい話したいことがある」

「その帰りに、何か美味い物を食いに行こう」

「うん。それがいい」

おれは最愛の人の胸に深く抱きしめられながら、ＣＤの曲が終わってしまってもずっと、心の中に流れ続ける旋律《せんりつ》に合わせて緩やかに体を揺らし続けていた。

あとがき

こんにちは。夏乃穂足《なつのほたる》です。このたびは『くろねこのなみだ』をお手に取っていただき、ありがとうございます。

この話の主人公、黒猫のクロは、長い間わたしの心の中にいたキャラクターです。勝ち気で人間不信気味で、最初は相手のことをすごく警戒しているのに、いったん心を許したら底なしにその人一筋になってしまう子を書いてみたいなあ、とずっと思っていました。担当さまに「人間と体が入れ替わっちゃう猫の話が書きたいです……」とダメ元で言ってみたところOKを出していただけて、本当に嬉しかったです。

ところが、いざ書き始めてみると、すごく書きたい話だったにも関わらず、いろいろな壁に突き当たりました。玖朗は元々猫ですので、人間になったばかりの頃は人の心の機微も分からなければ、常識もありません。当然、克己の心の動きを表す微細なサインも汲み取れませんし、少しずつ人間としての情緒が育ってくるまでは、自分の感情にすら疎いわけです。そういう子の目から見た世界をどうやって書いたらいいのか、一ページごとに戸惑いました。

ひたすら愛されたいと願うばかりだった玖朗が、ただ愛し抜けばそれでいいという心の場所にたどり着くまで、作者も主人公と一緒に、悩みながら進んできた感じがします。

この話には、幸運と不運の帳尻が合っているとは言い難い、運が悪いとしか思えないような人や動物がたくさん出てきます。それでも、彼らが最期の瞬間に思い描くのが愛する者との幸福な日々であるならば、その命は不幸だったとは言えないいんじゃないか……そんなことを思いながら書きました。

玖朗も克己も、それから瑞樹もラッキーも、今までついていなかった分、そして彼らを見守っているはずの命の分も、ずっと仲良く幸せに暮らしていってほしいなと思います。

今回の挿絵は、六芦かえで先生が描いてくださいました。キャララフをいただいた時から、躍動感あふれる可愛い玖朗と男らしくかっこいい克己にときめいていましたが、カバーイラストのデータを開いた時には、あまりの美しさに文字通り震えました。発売前の現在、プリントアウトしたカバーイラストを眺めては、本の出来上がりを心待ちにしています。六芦先生、お忙しい中素晴らしいイラストをありがとうございました。

担当さまをはじめとして、この本にお力添え下さった全ての方にお礼申し上げます。

ページを多めにいただけましたので、次ページから、ごく短いSSを書いてみました。「六芦先生の玖朗で猫耳が見たかった。どうして猫耳を書かなかったんだわたしのばか！」という作者の悔いから生まれた話です。まだまだ人間としては知らないことばかりの玖朗と、そんな玖朗に翻弄される克己の日常を、覗いてやっていただければと思います。

二〇一二年　十月　夏乃穂足

《ねこみみとおもちゃ》

犬飼《いぬかい》動物病院の診察時間が終わる頃。おれがいつも通り公園から帰ってくると、塀のそばに見覚えのある小暮《こぐれ》の車が停まっていた。それを見て、もうすぐ克己《かつみ》に会える嬉しさで駆け出しそうになっていた足取りが、少し重くなる。

小暮には、とにかく関わらないに限るのだ。急いで通り過ぎようとしたおれの横で、車の窓がすーっと開いて、凄味《すごみ》のある狼《おおかみ》めいた風貌と、真っ白な猫のおすまし顔が覗いた。

「逃げるこたあねえだろう、子猫ちゃん。マリアンの診察が終わったのに、こうしてお前の帰りを待っててやったんだぜ」

このパターンでは、痛い目を見た記憶しかない。

ちょいちょいと指先で招いてくる男に、警戒心をみなぎらせながら近づいていくと、小暮はリボンのかかった包みを放ってよこした。

「これ、何だ？」

「お前にやるよ。系列の店で見たのをもらってきたんだ」

小暮がおれにものをくれるなんて、どういう風の吹き回しだろう。

リボンを解いて中を探ると、今勉強しているアルファベットの「U」のような形のものが入っていた。Uの字には、もふもふした黒い三角が二つ、くっついている。

「？」

「頭につけてみな」

言われるがままに頭につけると、俺を見て小暮がふきだした。

「思った通り似合うな。店の女の子よりもずっとしっくりきてるぜ」

自分の姿がどんなことになっているのか不安になって、小暮の車のドアについた鏡を覗き込んでみると、何と、おれの頭から二つの黒い猫耳がにょっきり生えている。

「猫の耳だ！」

久しぶりの猫の耳。何だか猫のクロに戻ったみたいだ。懐かしくて嬉しくて、じっとしていられなくなって、ぴょんぴょん飛び跳ねてしまう。

すると、持っていた袋ががさりと鳴って、中にまだ何か入っているのを教えた。袋の中を探ると、出てきたのは猫の尻尾《しっぽ》によく似たもの。ただし、尻尾の根元には、表面が柔らかい素材で覆われた棒みたいなものが続いている。

「そこにスイッチがあるだろ」

教えられたとおりに小さなでっぱりを押すと、手の中でいきなり尻尾が踊りだした。

「うわっ！　びっくりした！」

驚いて取り落としそうになったが、何とか持ちこたえる。うねるように動くさまは奇妙だが、見慣れるとなかなかに面白い。なるほど、これは動くおもちゃか。

「ありがとう。瑞樹《みずき》とラッキーと一緒に遊ぶことにする。きっと、喜ぶ」

尻尾の先を追いかけるラッキーたちの姿を思い浮かべてそう言ったのに、何故か小暮はにやにや笑っている。

「いや。それは犬飼と遊ぶためのおもちゃだ」

「克己と？　克己がおもちゃで遊ぶかな？」

克己はおれがシャボン玉で遊んでいても、優しい目をして見ているだけなのに。首をかしげると、小暮が妙に確信ありげに言った。

「そりゃ、あいつも男だ、喜ぶだろうよ。それ見せて、獣医さん診察してって言ってみな」

尻尾の形のおもちゃで克己とどうやって遊ぶのか知らないけど、克己が喜ぶというならぜひそうしたいし、猫の耳はたいへん気に入った。今さら猫に戻りたいとは思わないが、ちょっぴり猫気分を味わえるのは嬉しい。

おれは小暮にもう一度ありがとうを言って、猫耳をつけたまま病院の扉を開けた。

待合室には、全ての診察を終えたらしい克己とファイルを手にした中西《なかにし》がいたが、おれを見るやいなや二人とも固まってしまう。

「その頭の、どうしたんだ、玖朗《くろう》」

「いいだろう、猫の耳だ。小暮がくれた」

得意になっておれが言うと、克己が「あのばか」と口の中でつぶやいた。それをなだめるように、中西が明るい声を出す。

「別にいいじゃないですか、これはこれで可愛いし。いやあ、男の子でこういうのが似合う子も珍しいんじゃないかなあ」

「あと、これももらった」

もう一つの尻尾のおもちゃを二人の前に差し出して、スイッチを入れて見せると、小さな音を立ててくねくねと動きだす。

「克己と一緒に遊べって」

克己がぎょっとしたように目を見開くのと、中西が手に持っていたファイルを落とすのが同時だった。

「えっと……、僕、診察中の札を返してきますね」

中西は何故か耳まで真っ赤になって、ドアを出て行ってしまった。

克己は無言でおれの手から尻尾のおもちゃを取り、スイッチを切った。途端に待合室が静まり返る。こうなると、何かをやらかしたらしいことだけはおれにも分かる。

「これ、もらっちゃいけなかったのか?」

「お前は何も悪くない。あいつにからかわれたんだ」

「からかわれた……」

がっかりだ。克己が喜んでくれると思ったのに。やっぱり小暮の言うことなんて信じるんじゃなかった。

「克己が気に入らないなら、小暮に返してくる」

「いや、その必要はない。ただ、こっちの尻尾のは人前では見せない方がいいな」

「どうして？」

克己は一瞬ぐっと詰まった。

「どうしてもだ」

どうして人に見せてはいけないのか分からないままに、「分かった。秘密だな」とおれが頷くと、克己は少し赤くなった、怒ったような顔でおれをじっと見た。

「……くそ。可愛いな」

この表情の意味が、最近はおれにも分かるようになった。これは怒っているんじゃなく、「照れて」いるのだ。

この分だと、どうやら気に入らないばかりでもないようだ。

もしかしたら、いつか気が向いたら、この尻尾のおもちゃでも遊んでくれるかもしれないな。そう思うと嬉しくなって、急速に気分が明るくなる。

今度は瑞樹とラッキーに猫耳姿を見せようと思いついて、家へと向かったのだった。


（おしまい）

初出
「くろねこのなみだ」書き下ろし

この本を読んでのご意見、ご感想をお寄せ下さい。
作者への手紙もお待ちしております。

あて先
〒171-0021東京都豊島区西池袋3-25-11第八志野ビル5階
(株)心交社　ショコラ編集部

くろねこのなみだ

2012年11月20日　第1刷

著　者:夏乃穂足
発行者:林 高弘
発行所:株式会社　心交社
〒171-0021　東京都豊島区西池袋3-25-11
第八志野ビル5階
(編集)03-3980-6337 (営業)03-3959-6169
http://www.chocolat_novels.com/
印刷所:図書印刷 株式会社